QUAND L'ÉTAU SE RESSERRE

du même auteur

Alain MAGEROTTE

Quand l'étau
se resserre

16 nouvelles

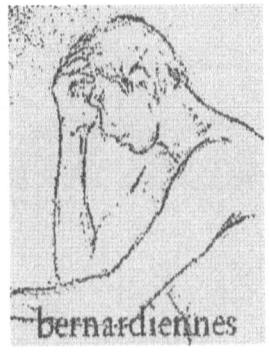

bernardiennes

La raison, c'est l'intelligence en exercice ;
l'imagination, c'est l'intelligence en érection.

Victor HUGO

© illustration de Bernadette NEF
© photos couverture C. Danze

Copyright © 2015 Alain Magerotte- bernardiennes

ISBN: 978-2-930738-09-3

Contact de l'auteur : alain.magerotte@bernardiennes.be

Une minute d'écart, ça peut se transformer en années de placard.

Michel Audiard

1.
FRIDAY 22,
12.30 PM

Le Président Kennedy a entamé avec son épouse, Jackie, une tournée nationale pour rendre visite aux fidèles du parti démocrate. Première étape : le Texas. Le voyage à travers notre État a débuté hier. Ce matin, le Président a commencé sa journée par un petit déjeuner à la Chambre de Commerce de Fort Worth. Il doit arriver à Dallas en fin de matinée. Les Kennedy seront accompagnés du vice-président Lyndon Baines Johnson, lui-même texan, et du gouverneur, John Connally.

La bouche entrouverte, Ward Steel arrête de chiquer. Un excédent de salive glisse sur ses lèvres, humidifiant son menton pâteux. Le gros homme arbore le masque ahuri du niais face à une contrariété. Jetant un œil torve sur le transistor, il entame un curieux monologue :

« J'avais perdu ça de vue. Ça ne me fera pas changer d'avis pour autant... Président ou pas, je m'en fous, j'irai jusqu'au bout... j'en ai assez, cette fois, elle s'en tirera pas comme ça... faut en finir une fois pour toutes ! »

Il y a longtemps que son chewing-gum n'a plus de goût. Pourtant, si Ward s'entête à reprendre son mâchonnement, ce n'est pas dans l'espoir de retrouver la saveur initiale de la fraise, mais pour calmer ses nerfs mis à rude épreuve.

« J'aurais pas dû me faire le complice de ses écarts... j'aurais dû la laisser dans la rue, c'est là qu'est sa vraie place... » Fort de cette vérité, mais sentant l'excitation portée à son comble, il s'emploie à la combattre en mettant en pratique le conseil de ce noceur de Tim Noton, un vieux client du *Coco Club*, qui a un truc infaillible pour se détendre lorsqu'il s'énerve : il se raisonne à la deuxième personne...

« Relax, vieux, relax, sinon tu vas perdre tes moyens. Enfin, réfléchis... la visite du Président va te faciliter la tâche... les gens n'auront d'yeux que pour lui. Tu la connais, elle voudra pas manquer ça. T'auras plus qu'à la filer à son insu, avec ce monde... ensuite, dès qu' tu pourras la coincer... »

Un déjeuner pour 2.600 personnes est prévu au Trade Mart, un centre commercial de la ville de Dallas toute proche. À cette occasion, le Président prévoit de faire un discours dans lequel, il sera vraisemblablement question de ses pourparlers de paix avec Nikita Khrouchtchev.

Le truc de Noton semble fonctionner. Apaisé, Ward frotte ses mains moites sur le singlet crasseux porté depuis plusieurs jours et ouvre le frigo pour prendre une bouteille de lait. Après avoir calé le chewing-gum sous sa langue, il s'envoie une rasade du liquide en faisant la grimace.

Il extrait ensuite du tiroir d'une commode, un Colt Cobra à canon court ainsi qu'une boîte de cartouches, enfouie sous une pile de linges. Ward garnit le barillet, coince le revolver dans la ceinture de son pantalon et gagne la salle de bains.

Agrippé au lavabo, il se passe de l'eau sur le visage, tentant d'effacer les séquelles d'une nuit passée à chercher le repos en pure perte.

Le gros homme devrait pourtant être aguerri ; son job de portier de nuit, à mi-temps au *Coco Club*, le dancing à la mode de Dallas, ne le voit profiter de son plumard qu'une fois sur deux. Mais, cette insomnie-ci est la plus vache, la plus cruelle, parce que liée à l'absence de l'être aimé… cette insomnie-ci fait ressentir, avec force acuité, tout le poids de la solitude quand elle se fait dominante, écrasante, oppressante. Une solitude que Ward croyait avoir vaincue mais qui, telle un boomerang, revient le heurter en pleine nuque, encore plus forte, encore plus impitoyable.

Alors, chaque bruit ravive l'espoir insensé d'un retour de l'absente ; les yeux sont scotchés au cadran lumineux du réveil où les heures s'égrènent si lentement qu'elles paraissent incapables d'atteindre le jour, attendu comme une délivrance. Et puis, il y a cette abominable sensation d'impuissance qui vous chamboule tout l'intérieur, vous épuise, au point de ne plus arriver à verser la moindre larme.

Le prénom de Dora revient sans cesse. Un prénom adoré, adulé, jeté en prière à un Dieu sourd ou délibérément absent. Un prénom, aujourd'hui, haï parce qu'il est la cause de son malheur.

Dora...Dora Vaughan est cette superbe créature que Ward a rencontrée, en septembre dernier à la *pizzeria Domingo* et qui lui rappelle furieusement Tina, la danseuse vedette du *Coco Club*, dont le gros homme s'était follement épris. Une époque douloureuse pour Ward Steel qui, accablé par la nature d'une carcasse de pachyderme, est bien le seul au monde à se croire pareil à ses contemporains. Si son aspect n'était que disgracieux, ses voisins s'y feraient vaille que vaille, mais le pauvre homme suscite, de par sa grossière morphologie, une vision des choses poussant le commun des mortels à lui attribuer une capacité encéphalique correspondant à celle du cloporte. Pas méchant, dit-on de lui, mais tellement bête...

Dora chassa donc Tina de ses pensées. Dora Vaughan à la croupe onduleuse, moulée dans d'étroites fringues, dissimulant à peine l'essentiel de son affolante anatomie, activait, en bougeant la tête sans arrêt, ses cheveux blonds, laissant au passage une douce senteur de parfum. De ses immenses yeux verts, la belle épiait, mine de rien, l'effet produit sur autrui par son aguichante personne. Et pour mieux observer, elle se levait, sous prétexte d'aller chercher des serviettes, pour se déplacer d'ondoiement en ondoiement, son plus joli sourire aux lèvres purpurines ouvertes sur d'exquises quenottes à l'émail immaculé. L'ensorcelante provocatrice laissait courir sur elle des dizaines de paires d'yeux exaltés, passionnés, surexcités par cette présence exsudant une sensualité enivrante, sachant d'instinct la gamme des agaceries qui fascinent le mâle et se forgeant une philosophie à interprétation épicurienne, sans en connaître l'expression, s'arrêtant au seuil de cet enseignement voulant que « le plaisir est le souverain maître ».

Ainsi, le hasard, qui ne fait pas toujours les choses comme il le faudrait, s'amusa à placer sur le passage de Ward, Dora aussi resplendissante et belle que le gars est terne et laid. La sagesse populaire prévoit qu'il y a des chaussures pour tous les pieds mais les pieds de la jeune femme et ceux du gros homme n'étaient pas faits pour marcher dans la même direction, d'autant qu'à son physique de mastodonte, Ward ajoute une quinzaine d'années de plus que la jeune femme. Si elle était toujours de ce monde, sa mère l'aurait mis en garde :

« Avec ton allure de gros paysan godiche, il est impossible que cette gamine s'intéresse à toi ! »

Jouant de la prunelle, Dora sourit au gros homme qui, avec une hardiesse insoupçonnée, presque inconsciente, répondit au regard incendiaire de Dora. Un regard dans lequel le plus nigaud des hommes n'aurait pas manqué de déceler une malice effrontée. Ward, ferré, rougit si fort qu'il eut l'impression que son crâne allait exploser. Ce qui n'était pas pour déplaire à l'affriolante.

Sous l'effet hypnotique du sourire ravageur de la fille, il avança sa main vers l'*objet* de son désir. Dora, qui ne pensait pas que le gros homme ferait preuve d'une telle audace, recula avant de se raviser car la coquine entrevit, dans un éclair, tout l'intérêt que lui rapporterait l'attachement d'un naïf de la trempe de Ward.

Et comme le gros homme, enchaîné par sa pulsion, s'entêtait à poursuivre sa chimère, elle le laissa s'y perdre, se délectant à l'avance du programme qu'elle avait planifié dans sa jolie petite tête : d'abord, s'inviter à prendre un verre chez lui, ensuite, une fois sur place, s'arranger pour y rester…

Tout se déroula comme prévu, tant le gros homme s'était entiché de la belle intrigante qui avait atteint son but.

Dora Vaughan, usant de ses charmes, prit un tel ascendant sur son logeur qu'en échange du toit, une assurance contre les dangers extérieurs, elle n'autorisa de lui que des bribes de câlins. En d'autres temps, elle prétendit disposer d'une totale liberté, laissant son taulier, perdu de passion, tirant la langue, freinant ses désirs dans un espoir sans cesse refoulé. Dora, quant à elle, continua à dispenser ses bontés avec une prodigalité touchante aux jeunes mâles qui en redemandaient.

Cocu d'une certaine manière, Ward, éperdu d'amour, s'était, au début, résigné au rôle ingrat de figurant, en étant même arrivé à se réjouir des bonnes fortunes de sa dulcinée qui lui racontait tout dans les détails. Le benêt songeait que c'était le meilleur moyen de la garder. Et ce couple bizarre, guidé par l'intérêt de l'une, fixé par le sentiment extrême de l'autre, trouva son assise jusqu'au jour où Ward, estimant que la belle poussait le bouchon trop loin, accula Dora dans ses derniers retranchements à coups de reproches répétés. Celle-ci se cabra ; aussi, résolue à n'en faire qu'à sa tête, ses absences devinrent de plus en plus fréquentes, de plus en plus longues.

Ulcéré par le comportement de la jeune femme, humilié, la rage au cœur, Ward décide, à l'instant, de partir à sa recherche. Obsédé par l'esprit vengeur qui l'aveugle, il n'a plus qu'une idée en tête : faire un sort à l'infidèle.

« Cette petite garce va apprendre à ses dépens qu'on ne se moque pas impunément de Ward Steel… »

Le gros homme enfile une veste pour cacher l'arme.

« Je te retrouverai, quitte à passer la ville au peigne fin. Je te jure, tu te moqueras plus jamais de moi ! »

Air force one, le boeing 707 présidentiel, a atterri à l'aéroport de Love Field à 11h. 38. Il a plu durant une bonne partie de la matinée, mais c'est à présent une journée claire et ensoleillée, agréablement chaude pour cette fin de novembre. Le Président Kennedy a décidé de faire décapoter sa limousine pour traverser Dallas jusqu'au Trade Mart.

Le cortège est composé de plus de vingt véhicules, voitures et cars, flanqués d'une douzaine de policiers à moto. La voiture de tête compte à son bord le chef de la police de Dallas, Jesse Curry, et le shérif du Comté de Dallas, Bill Decker.

Les Kennedy sont à l'arrière d'une seconde voiture, une limousine décapotable à six places de couleur bleue. Devant eux, sont assis John Connally et son épouse, Nellie. Un agent des services secrets conduit. À ses côtés, se trouve le responsable de la section des services secrets de la Maison Blanche.

Ward éteint la radio, quitte son appartement, descend les escaliers en soufflant et déboule dans la rue. Sur le trottoir, une foule compacte et enthousiaste forme une haie s'étendant à perte de vue. Les gens se bousculent pour se trouver aux premières loges et apercevoir le fringant Président aux cheveux châtains et sa ravissante épouse. Les écoles sont fermées pour la circonstance, afin que les enfants puissent saluer le chef d'État. Des ribambelles de gosses s'égosillent en agitant des drapeaux aux couleurs du pays et à l'effigie de Kennedy.

Cette effervescence n'émeut guère Ward, bousculé par une jeune femme blonde qui recule pour prendre un enfant dans ses bras.

Baragouinant un « c' n'est rien » bougon, il poursuit son chemin. Un moment d'inattention plus tard, le gros homme entre en collision avec une jolie blondinette arrivant en sens inverse. La fille s'excuse et reste interloquée devant l'attitude de ce colosse bourru proférant des paroles inaudibles qu'elle devine peu aimables.

Les employés de bureau, prenant leur pause repas, viennent grossir les rangs des sympathisants et des curieux. Les passages deviennent de plus en plus étroits. On bouscule, on pousse. Ward, toujours étranger à l'événement, suit le cortège qui descend *Main Street*, certain de suivre la bonne voie. Son intuition vient-elle de le récompenser ?... Là-bas, au bout de la rue, accompagnée de deux grands gaillards, une jeune femme, gagnée par la liesse générale, fait danser ses jolis cheveux blonds en secouant la tête... Dora !

Le cœur du gros homme s'emballe en même temps que sa colère afflue. Il appelle mais le bruit couvre sa voix. La fille, hissée à bout de bras par ses copains afin qu'elle puisse apercevoir le passage du couple présidentiel par-dessus les têtes agglutinées, regarde dans sa direction. Ce n'est pas Dora !

L'inconnue désigne Ward à ses acolytes et, ensemble, ils prennent la poudre d'escampette en riant. Le gros homme fulmine.

« Y en a marre de me cogner partout sur Dora. Je finirai bien par tomber sur la vraie... des blondes, des blondes, des blondes ! Y a plus que ça, à en devenir fou... une invasion, une épidémie, un fléau ! Elles tiennent le monde à leurs bottes. Elles sont la cause de tous les malheurs, de toutes les calamités, de toutes les guerres ! Faut vraiment être dingo pour s'amouracher d'une blonde... Kennedy l'a bien compris, Jackie n'est pas blonde... Oui mais... c'est le Président ! »

Pour fuir cette malédiction, Ward se met à galoper avec une élégance de rhinocéros pour atteindre les espaces dégagés de la Place Dealey, située à l'Ouest du quartier financier de Dallas, là où les terrains commencent à descendre vers la rivière *Trinity*. Trois voies parallèles, séparées par des barrières en béton et des pelouses, passent sous un large pont ferroviaire pour rejoindre une autoroute.

Ward ressent un violent point de côté et porte la main au flanc droit. Il s'arrête, obligé de respirer par petits coups saccadés. Un passant s'enquiert de son état, il est repoussé sèchement. Le type prend ombrage mais choisit d'écraser devant la carrure du gros homme.

Afin de recharger ses accus, Ward s'allonge sur la pelouse qui sépare *Elm Street* de *Main Street*. Le nez dans le ciel, il se laisse envelopper par la douceur du climat quand son attention est attirée par une fenêtre située au sixième étage d'un dépôt de livres scolaires. Malgré la réverbération du soleil contre les vitres de l'immeuble, le gros homme croit distinguer la forme caractéristique d'un canon de fusil qu'une ombre déplace à sa guise, cherchant à le positionner le mieux possible pour atteindre une cible. Se relevant avec difficulté, Ward porte la main en visière sur son front moite pour mieux voir ce qui se trame là-haut mais ne distingue rien de plus précis.

De nombreux spectateurs foulent les pelouses et se sont groupés sur les bas-côtés des voies, désireux d'escorter la voiture présidentielle le plus longtemps possible. Si sa situation n'était pas aussi pénible, Ward se laisserait gagner par la ferveur populaire afin de retrouver des sensations de joie dont il est sevré depuis que cette peste de Dora est entrée dans sa vie ; une intrusion qui l'a disqualifié des banquets de ce monde. Pourquoi ne suspendrait-il pas un instant ses recherches pour profiter de la joie ambiante ?... Histoire de se prouver que son existence n'est plus liée à une jeune femme dont les heures sont désormais comptées et que... l'après Dora a déjà commencé...

Le cortège amorce la descente d'*Elm Street*, dépasse le *Texas School Book Depository*, et se dirige vers le pont de chemin de fer pour rejoindre l'autoroute de *Stemmons*, vers le *Trade Mart*.

Ward est posté en face d'un tertre s'érigeant au nord d'une colonnade d'où l'on possède une vue magnifique sur un firmament bleuté à l'infini, se découpant entre les buildings de la Place Dealey. Le capot de la voiture présidentielle luit sous le soleil. Le chef d'État et son épouse adressent des signes et des sourires à une foule heureuse, riante, bigarrée. Tous les éléments sont en place pour faire de ce jour un moment inoubliable qui restera gravé dans les mémoires.

Conquis par l'enthousiasme, le gros homme se lâche et crie « vive le Président Kennedy » en battant des mains au-dessus de sa tête, riant de toutes ses dents cariées à la vue d'un hurluberlu qui, malgré le temps superbe, s'amuse à ouvrir et à fermer un parapluie. Soudain, un éclatement retentit parmi les applaudissements et les bravos…

Des détonations suivent aussitôt, infirmant la croyance première dans l'explosion d'un pétard. Des coups de fusil ! On canarde le Président, pris pour cible comme un lapin ! La limousine s'immobilise quelques instants face à une clôture en piquets de bois délimitant un parking adjacent utilisé par les employés de la compagnie de chemin de fer. Ward aperçoit Kennedy, soutenu par Jackie, affaissé vers l'avant. Il est touché et porte les mains à sa gorge quand claque un coup de feu plus sonore, plus assourdissant. La balle pulvérise la boîte crânienne qui vole en éclats. Sous l'impact, la tête de Kennedy est violemment rejetée en arrière avant de s'affaler sur le côté gauche. De la matière cérébrale scintille dans le soleil. Le Président gît, inerte, sur les genoux de son épouse, baignant dans son sang généreusement répandu.

Ward, éclaboussé par la précieuse hémoglobine, se croyait insensible à la vue de la mort violente, et voici qu'à présent, envahi par le froid que produit l'horreur, il tremble à la vue de la cervelle, collée sur la chaussée, vidée de son logement par le trou béant, point d'impact du projectile explosif qui a fait éclater le crâne du Président.

Secoué par une nausée irrépressible, le gros homme se vide l'estomac en fulgurants vomissements spasmodiques, inondant les proches alentours et empestant l'atmosphère.

Paniquée, Jackie grimpe sur l'arrière de la voiture. Son garde du corps, Clint Hill, un agent des services secrets en embuscade sur le marchepied du véhicule suivant, se précipite et la repousse sur son siège.

Le chauffeur enfonce la pédale d'accélérateur et le convoi s'éloigne dans un rugissement avec Hill qui, encore accroché à l'arrière de la limousine, martèle le coffre de sa main libre, de rage et de frustration.

Ward Steel, spectateur privilégié de l'épouvantable, est tombé à genoux, atterré. Des hommes et des femmes crient « Mon Dieu ! Mon Dieu ! » Le drame s'est joué en quelques secondes ; pétrifiés, les badauds qui s'étaient massés pour saluer le Président, cher à leur cœur, poussent des cris d'effroi en courant dans toutes les directions comme un troupeau affolé. Des dizaines d'entre eux remontent le tertre en courant vers la barrière qui les sépare du dépôt, convaincus qu'au moins une partie des coups de feu provenait de là.

Ward se relève, profondément choqué. Il revoit Kennedy gisant ensanglanté dans la décapotable et lui, blessé dans sa chair et dans son esprit bouleversé, il a envie de hurler à la mort comme un chien.

Chacun sent qu'un séisme vient de se produire. Tel un cyclone déchaîné, sans frein, la grappe humaine, tournoyante, menaçante, désespérée, emporte dans son tourbillon le gros homme qui geint, la face mouillée de larmes, pitoyable, impuissant.

Dans la foule, la stupeur fait bientôt place à la fureur, une fureur aveugle, qui s'en prend à tout, à n'importe quoi et Ward, ballotté tel un vulgaire colis, ne se contient plus, entraîné par les autres, cognant à son tour sur son entourage, sans distinction.

De toute façon, il n'a jamais été à même de faire la moindre différence entre ce qui convient et ce qui ne convient pas.

Le gros homme parvient finalement à s'extraire de cette empoignade homérique et quitte les lieux, déboussolé, croisant un groupe de policiers qui se forme pour prendre d'assaut le *Texas School Book Depository.*

Réintégrant son domicile ne sachant pas très bien comment, Ward se jette sur son lit, pleurant à chaudes larmes. La vision de l'encéphale explosé de Kennedy risque de le poursuivre longtemps encore. Ayant versé toutes les larmes de son corps, il boule sur le côté, à la recherche de la position propice à un sommeil réparateur pour oublier, pendant quelques heures, le cauchemar vécu. Le corps gênant du Colt Cobra, coincé dans la ceinture du pantalon, se rappelle à son attention. Pris par les événements, il avait oublié son existence. Le gros homme s'empare du revolver et le fait pivoter plusieurs fois, les yeux vides de toute expression. Une moue de dégoût fronce son visage. Sa bouche se tord affreusement. Il est repris de sanglots.

« Non, je pourrais pas… c'est trop dur, trop effrayant… ce sang… tout ce sang… c'est atroce… je pourrais jamais… »

Reniflant bruyamment, il se dirige d'un pas lourd vers le salon où traîne un journal sur une table basse. Ward emballe l'arme dans les pages du quotidien et se débarrasse du paquet en l'expédiant dans la poubelle de la cuisine. Il se lave ensuite les mains avec vigueur, voulant effacer toute trace de passage du revolver dans celles-ci.

Et c'est ainsi qu'en ce jour tristement célèbre du 22 novembre 1963, le ou les assassins du Président Kennedy sauvaient Dora Vaughan d'une mort certaine…

2.
IL FAUT TUER LE PÈRE NOËL !

Johnny Tagliamente fait signe au garçon. Tiré à quatre épingles, les jambes croisées sous un imper plié, ses yeux noirs comme le charbon scrutent les alentours avant de s'attarder sur la devanture de la boutique d'en face. C'est un magasin de haute couture pour dames où un manteau de vison, accroché aux frêles épaules d'un mannequin, forme une tache sombre qui renvoie l'image sans retouche d'un « Johnny dandy » à la mine soucieuse.

Notre homme incline la tête de différentes manières, alternant mimiques suggestives et grimaces désopilantes. Le reflet du garçon rejoint le sien à l'instant où il aborde le sourire charmeur.

Tagliamente tousse un coup comme pour s'éclaircir la gorge en pestant de s'être laissé surprendre en flagrant délit de narcissisme.

« Qu'est-ce que je dois ? demande-t-il sèchement.

— Quatre dollars, Monsieur... » répond le garçon, un sourire narquois sur les lèvres.

Johnny déplie son imper pour prendre la monnaie et effleure la crosse rassurante de son Beretta. Il fouille dans sa poche pour en sortir quelques pièces qu'il laisse choir dans une petite soucoupe. Ensuite, avant que l'autre ne s'empare de la mitraille, il effectue un large geste de la main signifiant ainsi que le compte est bon.

Peu habitué à recevoir un pourboire excédant le prix à payer, le garçon se confond en remerciements.

Johnny Tagliamente sait se montrer généreux. Malheureusement, les bénéficiaires de certaines de ses largesses ne peuvent plus témoigner… car il ne lésine pas sur le nombre de pruneaux pour les envoyer *ad patres*.

Tueur professionnel Johnny travaille pour le compte de l'Organisation. En cette journée du 24 décembre, sa mission revêt un caractère peu ordinaire : il doit tuer le Père Noël, personnifié par un certain Lonnie Barton !

Un an auparavant, ce type avait sollicité l'aide de l'Organisation pour se débarrasser de l'amant de sa femme. Après un examen minutieux du dossier, le grand patron, Nick Ambrosia, marquait son accord. En échange, suivant la coutume de la maison, Barton s'engageait à répondre présent dès que l'Organisation ferait appel à ses services.

Deux jours plus tard, la femme et l'amant périssaient dans un accident de voiture. Lonnie Barton pensa naïvement que cette disparition fortuite annulait le contrat passé avec l'Organisation. Il fut donc surpris lorsque celle-ci se rappela à son bon souvenir pour qu'il s'acquitte de la dette contractée.

Le service était simple : deux ou trois voyages en métro à l'autre bout de la ville pour transférer des sachets de « poudre » planqués dans le double fond d'une mallette.

Barton refusa, prétextant des nerfs fragiles qui lâcheraient au premier regard suspicieux décoché par un vigile des transports en commun.

Son attitude couarde serait un aveu, affirmat-il.

Nick Ambrosia feignit de comprendre. En fait, Barton avait signé son arrêt de mort !

Comme le boss est féru de symboles et qu'il aime frapper les imaginations, la date de l'exécution fut fixée au 24 décembre. Nick, suivant des renseignements précis, apprit que Barton jouerait au Père Noël dans un centre commercial.

Johnny fut chargé de le tuer ce jour-là.

Tagliamente enfile son imper, vérifie si son « joujou » est toujours bien en place et décide de flâner un peu en regardant les décorations des vitrines. Il lui reste une bonne demi-heure avant d'agir.

Johnny se confine au troisième étage. C'est par là que le Père Noël doit arriver après avoir quitté le parking situé sur le toit du centre. Des affiches placardées sur des colonnes annoncent cette visite enchanteresse attendue pour quinze heures par des centaines d'enfants.

Les étalages des magasins rivalisent d'un décorum surabondant comme à l'habitude : crèches, étoiles, guirlandes, bonshommes de neige, morceaux de paysages enneigés ou pris d'assaut par des flocons. Toutes les devantures présentent, collées ou dessinées sur des planchettes en contre-plaqué, des reproductions de Pères Noël vantant tantôt la précision d'un appareil photo, tantôt les avantages d'une lessiveuse électrique vendue à un prix défiant toute concurrence.

Il règne une ambiance chaleureuse où se mélangent les odeurs de parfum, de chocolat, de gaufres chaudes qui réjouit petits et grands.

Des haut-parleurs diffusent *Silent Night* et *White Christmas*, succès éternels réédités chaque année pour la circonstance.

Johnny s'appuie sur la rambarde pour contempler l'immense sapin qui scintille, s'étirant du rez-de-chaussée jusqu'au toit de verre qu'il effleure de la flèche brillante coiffant son sommet. Ses multiples branches sont surchargées de boules multicolores, de cotillons et de serpentins. De la neige d'argent et des cheveux d'ange s'accrochent à ses aiguilles. Des milliers de petites lampes clignotent à un rythme de métronome.

Une certaine effervescence gagne les étages. Johnny consulte sa montre : quatorze heures quarante. Les badauds commencent à rejoindre le rez-de-chaussée, emmenant dans leur sillage une progéniture piaffant d'impatience de rencontrer le bon et généreux vieillard distributeur de cadeaux. Les escalators sont pris d'assaut sous l'œil vigilant des gardes qui veillent au bon déroulement des opérations, évitant ainsi que les excès de précipitation ne dégénèrent en cohue incontrôlable.

Tout ce beau monde se presse en rangs serrés pour obtenir une place privilégiée près de l'estrade, dressée au pied du sapin. Un énorme trône, aux accoudoirs dorés et aux coussins rouges, attend que le mythique personnage vienne y poser son séant. Ça grouille, ça piaille, ça rit, ça chiale.

Johnny se répète mentalement le scénario. Il n'abattra Barton/Père Noël qu'au moment où celui-ci atteindra l'ascenseur aux parois de verre qui doit l'amener au rez-de-chaussée. Le passage menant à la porte du parking sera alors libre et permettra à Tagliamente de fuir en profitant de la pagaille générale provoquée par son acte.

Une voiture, moteur tournant, l'attend sur le toit du centre commercial.

Johnny regarde à nouveau sa montre : quatorze heures cinquante. Le troisième étage est désert.

Il caresse encore une fois la crosse de son revolver pour se rassurer.

À cet instant, un petit garçon aux grands yeux tristes vient s'appuyer contre la rambarde, tout près de lui.

Tagliamente l'apostrophe aussitôt :

« Qu'est-ce que tu fiches là ? Descends immédiatement, tu vas manquer le Père Noël !

— C'est pas vrai. Je l' verrai mieux ici… car c'est par ici qu'il doit passer, hein, M'ssieu ?

— Je n'en sais rien, dégage !

— Dis, M'ssieu, tu l'attends aussi l'Père Noël ? T'es un de ses amis ?... Moi, c'est Giacomo, mais tout l'monde m'appelle Jack, et toi ? Comment tu t'appelles ?

— Johnny… mais pour l'amour du ciel, fiche le camp ! Si tu n'obéis pas, tant pis pour toi. Le Père Noël sera furieux et il ne t'offrira pas de jouets. Tu piges ?

— Bah, il ne m'en apportera pas, je le sais. Mes parents sont trop pauvres pour lui en commander. On est ici depuis peu… on vient de très loin… »

En un éclair, Tagliamente revoit le petit garçon qu'il avait été. Un petit garçon quittant sa Calabre natale avec sa famille pour débarquer dans un Nouveau Monde par un froid matin de décembre.

Un monde bien trop grand, plein de pièges et de chausse-trapes, mais où, disait-on, la chance souriait à qui savait la saisir.

Question chance, ce fut plutôt la poisse ! Celle qui colle aux semelles et ne vous lâche plus. Il ne suffit pas de changer « Giovanni » en « Johnny » pour assurer son intégration.

Le père, vulnérable dans sa pauvreté, se laissa entraîner par des malfrats et se fit buter au cours d'une rixe entre bandes rivales.

Inconsolable, la mère mourut de chagrin. Une famille adoptive indifférente, un parcours scolaire cahoteux avec le renvoi de plusieurs écoles, des menus larcins puis des bagarres au couteau pour le moindre prétexte, le dur apprentissage des maisons de redressement, la prison.

L'Organisation lui tendit une main secourable. Johnny n'avait pas d'autre alternative.

Et aujourd'hui, ce Père Noël qu'il se prépare à tuer. Tout un symbole. N'est-ce pas également l'occasion pour Johnny de venger une enfance sevrée de jouets ? À la réflexion, Nick Ambrosia a peut-être souffert de la même privation… il ne l'avouera jamais. Trop pudique le boss.

Le visage de Tagliamente se durcit davantage. Ces mioches agglutinés en bas, sûr qu'il va les traumatiser, briser leurs rêves. Bah ! Ce ne sont après tout que des foutus gosses de bourgeois, identiques à ceux qui, jadis, le méprisaient parce qu'il était différent, lui, le rital, avec son accent et sa façon comique de rouler les *r*.

Une petite voix le ramène au présent.

« Quand je s'rai grand, j'gagnerai plein d'argent et j'pourrai alors commander tous les jouets que j'veux. Le Père Noël existera toujours, je l'sais, maman m'a dit qu'il était… euh… comment est-ce qu'on appelle quelqu'un qui ne meurt jamais ?

— … Immortel…

— Im… mor… tel, oui, je m'souviens, c'est ça que maman disait…

— Bon, maintenant, ça suffit ! Laisse-moi tranquille ! Tu dégages !

— Faut pas crier, M'sieu, j'ai rien dit de mal. T'es fâché parce que toi, non plus, t'auras pas de cadeau ? C'est pour ça que t'as l'air si triste ?... t'as pas été gentil avec tes parents ?... »

Les événements se précipitent. Les haut-parleurs se mettent à cracher *Jingle Bells* de manière continue dans une débauche de décibels. Johnny flaire aussitôt le traquenard, mais il est trop tard.

Il est quatorze heures cinquante-neuf et la porte du parking s'ouvre, cédant le passage au Père Noël flanqué de deux gardiens.

Tagliamente joue son va-tout. Il vise la poitrine et fait feu. Sous la violence de l'impact, Barton/Père Noël s'affale.

À cet instant, les gardes sortent les armes de leurs gaines et soumettent Johnny à un feu nourri. Le corps criblé de balles, transformé en passoire, le malheureux, dans un geste désespéré, tente d'atteindre Barton une seconde fois mais, une nouvelle salve l'étend pour le compte.

Ses yeux grands ouverts fixent pour l'éternité la flèche brillante accrochée au sommet du sapin.

Barton se relève, aidé par ses protecteurs. L'un d'eux se dirige vers la rambarde et fait un grand signe du bras. La musique retrouve une tonalité normale.

« Tout s'est bien passé, Monsieur Barton, fait l'autre.

— En effet, sergent Lloyd. Cependant, malgré le gilet pare-balles, je ne vous cache pas que je n'en menais pas large. Heureusement que l'idée de viser la tête en premier ne lui est pas venue.

— Aucun danger, réplique Lloyd. On ne lui en aurait pas laissé le temps. Nous connaissons le *modus operandi* des tueurs de l'Organisation. D'abord la poitrine, puis la tête en guise de coup de grâce. Ils n'en dérogent pas. Ils sont bien drillés. L'indic nous a bien renseignés.

— Que dois-je faire maintenant ?

— Accomplissez votre devoir, il ne faut pas décevoir les enfants. Tout à l'heure, le lieutenant Barth aura une petite question à vous poser…

— À quel propos ?...

— Il aimerait savoir pourquoi l'Organisation voulait vous faire la peau… »

Les trois hommes ne prêtent guère attention à l'enfant aux grands yeux tristes qui s'est mis à l'abri au moment de la fusillade. Un enfant qui répète comme une litanie sans fin :

« Il m'a pas cru. Je lui avais pourtant bien dit que le Père Noël était im… mor… tel… »

3.

L'EFFET
WOODTHORPE

La police est sur les dents. Joe Woodthorpe, dit Joe l'étrangleur, s'est évadé ce matin de la prison centrale où il était incarcéré pour les meurtres de trois personnes âgées. Nous vous conseillons de bien verrouiller votre porte. Attention, l'individu est dangereux ! Au moindre bruit suspect, n'hésitez pas à appeler au numéro qui apparaît au bas de l'écran…

Andrew Coburn s'extrait avec difficulté de son fauteuil pour baisser le son du téléviseur et gagne ensuite la cuisine d'un pas lent, tout en répétant le numéro d'appel. Il compte le reproduire sur un bloc-notes qu'il utilise habituellement pour inscrire les courses dont s'acquitte Timothy Metcalfe, un neveu. Échange de bons procédés entre un vieillard souffrant d'arythmie cardiaque et un jeune gaillard aimant se laisser-vivre, rendant des services intéressés à un vieil oncle qui récompense son dévouement par quelques billets verts lâchés parcimonieusement.

Un air froid d'hiver envahit la pièce. Andrew est parcouru de frissons. Il rabat d'un coup sec la petite fenêtre servant à laisser s'échapper les vapeurs de cuisson. Ce contretemps lui fait oublier la moitié des numéros qu'il désirait noter.

« Et puis zut... avec des flics à chaque coin de rue, je ne vois pas très bien comment ce Woodthorpe s'y prendrait pour pénétrer chez moi... si futé soit-il... de plus, un homme en cavale a certainement autre chose à faire qu'à... »

Le vieil homme se fige soudain. Un bruit de chute, semble-t-il, provient du sous-sol. Quelqu'un a-t-il pénétré dans la buanderie ? Il a pourtant toujours pris soin de donner un tour de clé à toutes les portes et en particulier à celle de la buanderie qui présente une aubaine pour un voleur qui désirerait faire un tour d'inspection dans la maison. L'accès en est aisé. Elle donne sur une courette ceinturée d'un mur de briques, facile à escalader, derrière lequel s'étend un terrain vague.

La peur s'installe. Andrew reste à l'affût, épiant de nouvelles manifestations de la présence d'un intrus dans la maison. Le voilà ainsi prostré, les sens aux aguets, durant de longues minutes. Ne lui parviennent que le *plic ploc* de la pluie sur le toit et le son étouffé du téléviseur.

« Et si, malgré tout, ce Woodthorpe avait réussi à... »

À la pensée que le meurtrier puisse se trouver dans ses murs, Andrew blêmit, son cœur bat la chamade. Il ouvre grande la bouche pour laisser passer l'air et, d'une main tremblante, prend appui sur le dossier d'une chaise. Au bout d'un moment, il recouvre quelque apaisement et décide d'aller voir ce qui se passe. Il s'arme d'un couteau avant d'atteindre l'escalier menant au sous-sol. Les dernières marches se perdent dans une obscurité inquiétante. L'homme actionne l'interrupteur. Une ampoule poussiéreuse diffuse une lumière blafarde.

Andrew Coburn descend prudemment. L'humidité de l'endroit lui fait regretter de ne pas avoir enfilé un vêtement plus chaud. Son ombre fantasmagorique danse sur les murs blanchis à la chaux, donnant l'impression qu'un géant créé par l'imagination de quelque conteur a pris possession des lieux.

Arrivé en bas, Coburn commence par se rendre dans la cave où il entrepose ses outils et s'empare d'un maillet qu'il joint au couteau. Voilà deux moyens de dissuasion qui devraient décourager plus d'un visiteur indésirable.

Au même instant, une silhouette se faufile, gravit l'escalier à pas feutrés et rejoint la cuisine.

Le vieil homme gagne à présent la buanderie et s'arrête net. Quelqu'un a bien pénétré dans la maison ! La porte donnant sur la cour est entrouverte et une chaise est renversée, explication du bruit perçu tout à l'heure…

Le cœur d'Andrew bat à folle allure, il est obligé de prendre appui contre une commode où sont rangés des produits d'entretien.

La pluie tombe avec plus de force, le vent s'est levé.

« C'est peut-être lui le coupable… la porte était mal fermée… il a aussi poussé la chaise… » se dit-il sans trop y croire car le vent ne souffle pas suffisamment fort pour culbuter une chaise.

L'esprit chamboulé, Coburn ne relève pas l'absence de traces sur le sol qu'un visiteur en provenance de l'extérieur, vu le temps, aurait dû laisser. Il appelle d'une voix chevrotante :

« Vous êtes là, Woodthorpe ? Prenez garde, je suis armé… soyez raisonnable, un nouveau meurtre ne pourrait qu'aggraver votre cas… »

Les caves à provisions et à vins ont livré leurs secrets : personne ne s'y terre. Serrant les manches du couteau et du maillet, jusqu'à imprimer leurs marques dans ses paumes, Andrew remonte l'escalier, s'arrêtant à chaque marche pour reprendre sa respiration. Il arrive presque au bout de son calvaire quand il menace à nouveau :

« Je vais téléphoner à la police, Woodthorpe, vous m'entendez ? Elle sera là d'une minute à l'autre… »

Tout s'enchaîne alors très vite : d'abord le téléviseur. Le son est augmenté très fort avant de se retrouver à nouveau diminué. Coburn se fige, glacé d'effroi. Ensuite, la silhouette. Elle surgit si soudainement que le vieillard, saisi, pousse un cri de frayeur, perd l'équilibre et dégringole les marches au bas desquelles il atterrit, brutalement, le cou brisé net.

Timothy Metcalfe contemple le résultat de sa machination. Tout s'est déroulé selon ses plans. C'en est terminé de jouer les larbins pour ce vieil avare grincheux. Unique héritier d'Andrew Coburn, il va pouvoir palper une montagne de billets verts. À lui la belle vie, les voitures de sport, les grands restaurants et la tournée des capitales européennes qu'il projette de faire depuis longtemps : Rome, Berlin, Paris, Bruxelles, Madrid, Lisbonne…

Avant d'avertir la police et tenir, devant elle, le rôle du neveu éploré, le jeune homme efface toutes traces compromettantes.

Des coups de tonnerre accompagnent une pluie diluvienne.

Timothy accroche son trench-coat au portemanteau du hall. La sonnerie de l'entrée retentit.

« Qui peut bien rendre visite à mon oncle à cette heure ? »

Deux coups sourds et un « Police, ouvrez ! » apportent une réponse immédiate à sa question.

« Les flics ! Toujours aussi délicats. Ils étaient prévus dans le scénario, mais pas tout de suite… »

Quand il ouvre la porte, Metcalfe se trouve nez à nez avec un petit homme nerveux aux yeux perçants, aux cheveux noirs taillés en brosse, aux sourcils épais et rapprochés, à la moustache tombante, qui lui donnent un air sévère… un air de policier, lorsqu'il brandit sa carte en se présentant :

« Inspecteur Robert Bishop de la criminelle ! Puis-je entrer ?

— Je vous en prie, inspecteur, fait Timothy d'une voix qu'il s'efforce de garder neutre, en s'effaçant devant l'hôte indésirable.

— Un témoin affirme avoir aperçu Woodthorpe rôder dans les environs… mais, excusez-moi, je suis surpris de…

— … ne rencontrer qu'un jeune homme ? Rassurez-vous, inspecteur, vous êtes bien chez Andrew Coburn. C'est mon oncle. Figurez-vous, qu'ayant appris la nouvelle de l'évasion de Woodthorpe, je suis venu dare-dare. Je viens d'enlever mon manteau. À cinq minutes près, on aurait pu se rencontrer sur le pas de la porte. Mon oncle doit être installé devant le téléviseur ; à son âge, il n'entend plus très bien. »

Le flic observe, perplexe, ce jeune homme qui, tout en contrôlant son débit de paroles, n'arrête pas de se tordre les mains. Il lui pose une question d'apparence anodine.

« Vous avez l'habitude de porter un couvre-chef ?

— Euh, non, répond Metcalfe, pourquoi ? ajoute-t-il, plus intrigué qu'amusé.

— Pour rien, rétorque l'autre, vous permettez que j'ôte mon pardessus ? Il est trempé. »

En pénétrant dans le salon, Timothy feint l'étonnement en n'y trouvant point son oncle.

« Tiens, c'est curieux, il est probablement allé chercher quelque chose à grignoter dans le frigo... un instant, je vais voir... »

D'un coup d'œil, Bishop fait le tour de la pièce. Il y règne un ordre parfait, prouvant que l'homme est organisé, habitué à vivre en solitaire. L'inspecteur remarque que le son du téléviseur est mis à une puissance plutôt faible pour quelqu'un qui a des difficultés d'audition.

« Inspecteur, venez vite ! »

Le policier se précipite et rejoint Metcalfe au bas de l'escalier où gît le corps sans vie d'Andrew Coburn.

« Il est encore chaud, la mort est récente, constate le flic, habitué à côtoyer le pire, appelez une ambulance ! »

Bishop opère un examen minutieux du sous-sol. Lorsqu'il a fini ses investigations, le policier rejoint Timothy à l'étage. Il laisse tomber sur un ton laconique :

« Je n'ai décelé aucune trace d'effraction… la mort est probablement due à une chute… cependant, le couteau et le maillet, trouvés à ses côtés, prouvent que votre oncle avait peur, qu'il était sur la défensive…

— Vous… vous ne pensez pas… que… qu'il a été victime de l'effet Woodthorpe ? demande le jeune homme dans un trémolo.

— Je ne sais pas, ce n'est pas impossible, fait l'autre, songeur.

— Vous savez, poursuit Timothy, mon oncle était très émotif. De plus, son cœur était en mauvais état… l'idée que ce monstre puisse traîner dans le coin lui aura été fatale… »

La dépouille d'Andrew Coburn est emmenée à la morgue de l'hôpital. L'inspecteur place deux policiers en faction devant la demeure de l'infortuné vieillard. Son intuition lui souffle que le dénouement de cette affaire est imminent… et ne sera pas forcément celui qu'on attend.

Robert Bishop et Timothy Metcalfe se trouvent à nouveau face à face dans le hall d'entrée. Le flic endosse son pardessus qui pèse une tonne. Il est toujours gorgé d'eau.

« Et qu'on ne s'étonne pas, grogne-t-il, de souffrir un jour de rhumatismes. À propos, attendez-vous à être convoqué pour déposer...

— Je peux vous accompagner maintenant, si vous le désirez... il s'agit d'une simple formalité, autant la liquider tout de suite… pauvre tonton, je l'aidais comme je pouvais... j'étais sa seule famille... aujourd'hui, je me retrouve bien démuni...

— ... avec un joli pactole, enchaîne le policier, pragmatique, car votre oncle est connu pour être une des grosses fortunes de la ville...

— Vous savez, inspecteur... que vaut l'argent par rapport à la disparition d'un être cher ?

— Oui… en fait, vous aviez raison, le plus tôt sera le mieux. Suivez-moi au poste pour la déposition, vous serez ainsi débarrassé de cette corvée.

— J'enfile mon trench-coat et je vous suis. »

Une fois Timothy prêt, Bishop l'examine de bas en haut.

« Dites-moi, que faites-vous dans la vie ? questionne-t-il, inspection faite.

— Ben... je suis sans emploi pour l'instant, mais ce n'est pas faute de chercher...

— Je vous conseille celui d'illusionniste car, s'il est vrai que vous m'avez devancé de peu tout à l'heure, faudra m'expliquer par quel tour de magie vous arrivez à éviter les gouttes de pluie… votre vêtement et vos cheveux sont secs… incroyablement secs ! »

Metcalfe se sent pris au piège. Comme solution, il ne lui reste que la fuite. Il bouscule Bishop et se précipite au dehors… mais se fait aussitôt mettre le grappin dessus par les deux policiers de garde.

Au bureau de police, Timothy Metcalfe passe aux aveux :

Ce jour-là, après s'être couché aux petites heures, il téléphone à son oncle pour le prévenir qu'il ferait les courses plus tard dans la journée. Le vieil homme prend acte tout en ronchonnant.

À la Une des journaux, il n'est question que de Joe Woodthorpe. Un élément intéressant, cueilli dans une conversation à la librairie du quartier où Timothy achète son journal, fait état d'un effet Woodthorpe : le père d'une cliente a succombé à une crise cardiaque suite à l'annonce de l'évasion de l'étrangleur.

Un plan diabolique germe alors dans l'esprit du jeune homme, désespéré devant la résistance à la mort d'un vieil oncle fortuné dont la santé, pourtant, est précaire.

Sachant que celui-ci ne manque jamais de prendre connaissance des nouvelles, le soir, à la télévision, Timothy décide de le terroriser en lui faisant croire que Woodthorpe a réussi à pénétrer dans la maison. Impossible que le vieux survive à une telle émotion.

À l'heure de la sieste de Coburn, programmée à dix-sept heures précises, Metcalfe, après avoir ramené les courses, opère une fausse sortie et se planque dans la buanderie où il prépare sa macabre mise en scène : faire tomber une chaise pour attirer l'attention, laisser la porte ouverte… la suite, on la connaît : l'arrivée inopinée de l'inspecteur Bishop et la pluie tombant en début de soirée ; un détail important négligé par Timothy et qui causera sa perte.

Quant à Joe Woodthorpe, il sera appréhendé alors qu'il franchissait le mur de la cour d'Andrew Coburn. L'homme, aux abois, cherchait à se planquer dans le premier endroit venu. Il s'en était fallu de bien peu pour que l'étrangleur ne terrorise réellement l'oncle de Timothy Metcalfe qui, trop impatient, l'avait, hélas pour lui, devancé.

4.

ANDROMAQUE
11 737

La sonnerie du téléphone retentit. Dans son bureau, perché tout en haut d'une tour de verre, l'homme au costume marron décroche le combiné.

« Allô, Monsieur le Ministre ? Comment allez… un grave problème, dites-vous ? Je vous écoute, Monsieur le Ministre… oui… un de vos collaborateurs, Georges Malivel… sous le code Ulysse 11 038… aurait pris contact avec… un de mes agents pour lui communiquer des renseignements qui pourraient faire sauter le Gouvernement et… porter gravement atteinte à la réputation de Monsieur le Ministre… oui, Monsieur le Ministre… je comprends, Monsieur le Ministre… je m'en occupe séance tenante… au revoir, Monsieur le… »

L'autre a raccroché. L'homme au costume marron demeure pensif, les doigts croisés sur son sous-main puis, il décroche le téléphone à son tour et compose un numéro.

« Grégoire ? J'aimerais que vous passiez dans mon bureau sans tarder… »

Rémy Grenier s'imprègne une dernière fois des instructions données sur la lettre au bas de laquelle le nom de Georges Malivel est indiqué en caractères gras. Il les connaît par cœur à présent.

Le sieur Malivel doit se rendre à une réunion aux alentours de midi avant de s'envoler pour un séjour à l'étranger. Il est impératif que le contrat soit honoré avant l'heure du déjeuner.

Rémy consulte sa montre, 7h.00. Bien qu'il lui reste du temps pour se préparer, notre homme préfère ne pas trop traîner et adopter le rythme normal d'une journée de travail ordinaire.

Rasé de près, ses ablutions matinales terminées, Grenier entre dans la chambre à coucher pour réveiller sa compagne. Il tire les tentures, laissant la lumière crue d'un réverbère pénétrer dans l'intimité d'un lit en désordre.

Il tapote l'épaule de Christine qui se retourne en s'étirant. Elle ouvre un œil et sourit. Rémy pose un tendre baiser sur ses lèvres.

Ensuite, il descend pour préparer le café. En passant devant le téléviseur, il l'allume afin de prendre connaissance des nouvelles diffusées en boucle.

Tout en versant de l'eau dans le percolateur, Rémy prête une oreille distraite aux décisions prises par le Ministre de l'Intérieur en matière de sécurité.

Il note sur un pense-bête qu'il faudra acheter des filtres, il vient d'utiliser le dernier.

Souriante comme à l'accoutumée, Christine le rejoint. L'odeur douce et familière du café se répand dans la maison. Pendant que son homme remplit les tasses, elle met les croissants sur la table.

Ils déjeunent en silence alors que sur l'écran, un peintre renommé s'ingénie à rendre accessible au grand public les lignes abstraites d'un art hermétique.

« Le patron m'a demandé de rester plus tard aujourd'hui » lance Christine en se levant pour aller vider sa tasse dans l'évier de la cuisine et fumer sa première cigarette.

Elle n'en dit pas davantage, mais le travail qui l'occupe pour l'instant, dans les services de renseignements, risque de faire grand bruit si elle parvient à le mener à son terme. En effet, Christine a mis le doigt sur une grosse affaire de blanchiment d'argent orchestrée par un politicien en vue. En coopération étroite avec un collaborateur de cet important personnage, un certain... Georges Malivel, elle est toute prête de confondre l'homme public, soupçonné également d'employer des tueurs à gages pour protéger son sale business.

Ces derniers seraient recrutés parmi des gens ayant une couverture sociale. Des « agents dormants » qui se noient dans la masse compacte et ordinaire des travailleurs.

Christine réussit cette alchimie parfaite entre un travail accaparant et celui de compagne modèle. Dans les deux cas, elle agit en perfectionniste qui ne laisse rien au hasard pour rester compétitive. À l'approche de la quarantaine, elle résiste à l'âge avec la même détermination qu'elle met dans son labeur. Toujours svelte, elle sait garder l'homme sous le charme, s'érigeant en prêtresse de bon goût, maîtresse de maison incomparable.

« Y a-t-il une compensation à la clé ? interroge Rémy.

— Oui… vendredi, je compte faire le pont… annonce-t-elle, souriante.

— Extra ! On pourra passer quatre jours à Lorval… aller pêcher au bord du lac… faire le vide au grand air, au calme… les promenades, les bois… »

Cette explosion de joie ne dupe pas Christine. Les traits tirés de Rémy l'inquiètent. Ils trahissent une apparence se voulant sereine. Sans compter les périodes de mutisme de son compagnon. Celles-ci ne sont-elles pas autant de judas pour une assurance composée ?

Que penser aussi des récentes et importantes rentrées d'argent ? Elles sont certainement liées à l'état de fatigue de son compagnon…

Quand elle aborde la question, Rémy répond qu'il s'est impliqué dans une affaire d'import-export et qu'il touche un pourcentage sur les ventes qui sont assez fluctuantes. Il la prie donc de ne pas se tracasser outre mesure et puis, il ne fera pas ça *ad vitam aeternam* mais, en attendant, ça met du beurre dans les épinards.

Une explication qui ne satisfait guère Christine. La garante de la sécurité de l'État a l'intention de profiter de ce séjour à Lorval, sur fond de bonheur azuré, pour crever l'abcès. Dans un contexte idyllique, les langues se délient plus facilement. Christine sait jouer de l'instant.

« J'ai l'intention de faire quelques emplettes cet après-midi, dit Rémy en se tapotant les côtes, un week-end comme celui-là, Madame, ça s'organise !

— Tu es adorable, jubile Christine qui, face à un tel enthousiasme, en oublie presque les soucis qui la tenaillaient quelques instants plus tôt, mais il faut que je te quitte, je vais être en retard au boulot… »

Son épouse à peine partie, Grenier met la télévision sur pause afin de plonger dans un silence propice à une concentration maximale, indispensable avant d'affronter la délicate mission qui l'attend à l'extérieur. Car, il sait qu'il n'a pas droit à l'erreur. Celle-ci pourrait avoir des conséquences catastrophiques.

Le système établi par l'administration qui l'occupe permet à Rémy d'obtenir des jours de récupération utilisés pour accomplir cet obscur emploi qui lui vole ses moments de repos.

Il n'a jamais été mis en présence du grand patron, de celui qui tire les ficelles de tout cela. Lors de son engagement, Rémy Grenier a eu affaire à un subalterne. Depuis, les tractations se font par le biais discret d'une boîte postale. Rémy se rend régulièrement à *la galerie des pas perdus*, située au sous-sol d'un complexe commercial, afin d'y relever son courrier. Un endroit froid, impersonnel. Le réceptacle fait 20 cm sur 20. Le numéro 195, en plastique rouge, apparaît en relief sur fond d'aluminium. Pour les hommes de petite taille, il y a une bordure grise qui tranche avec le carrelage blanc.

Perchée au-dessus des casiers, une horloge marque les heures.

L'homme au complet marron est mis en attente. *Les quatre saisons* de Vivaldi lui tiennent compagnie. Au bout d'un moment, la musique s'arrête, une voix grave l'interpelle à l'autre bout du fil.

« Bonjour, Rousseau, vous avez des nouvelles ?

— Oui, Monsieur le Ministre, nous avons identifié le correspondant de Monsieur Malivel. En fait, il s'agit d'une correspondante, Madame Sarrand, qui opère sous le code Andromaque 11

737, une experte en informatique, nous ne pouvons que nous louer de ses services… pardon ? Vous désirez ses coordonnées ?... Sans problème, Monsieur le Ministre, je vous les transmets par courrier top-secret, la discrétion totale étant, bien entendu, de rigueur, une règle d'or à laquelle je ne dérogerai jamais… au revoir, Monsieur le Ministre… »

Rémy quitte la maison à 9h.00. Il s'engouffre, une mallette à la main, dans le bus 20 qui le conduit à la station de métro. Là, il monte dans la première rame présente, sachant qu'il devra subir une quinzaine de haltes dans son périple souterrain.

Pour passer le temps, Grenier se répète mentalement le scénario qui devra se jouer à la lettre au 19, Rue de l'Intendance, l'adresse de Georges Malivel.

Arrivé à destination, Rémy prend l'escalator pour retrouver l'air libre. La circulation est dense, il se réjouit de ne pas être venu en voiture. Une sage précaution qui lui évite un stress inutile.

La Rue de l'Intendance s'écarte en fer à cheval pour laisser place en son milieu à un piétonnier où coule une fontaine. L'artère est courte et ne comporte que quelques maisons de maître. Rémy inspecte les abords. Deux vieillards, assis sur un banc faisant face à la source, lui tournent le dos. Ils discutent, ignorant sa présence. L'un des vieux agite sans cesse sa canne comme pour mieux marquer ses propos.

Le 19 est une habitation à deux façades précédée d'un jardinet à la végétation un peu folle que l'on découvre derrière un muret lézardé par endroits. Le propriétaire ne semble être ni un fervent adepte de la truelle, ni un amateur de jardinage.

Grenier sonne à la porte. N'obtenant point de réponse, il réitère son geste. Des bruits de pas accompagnés d'un « voilà, voilà, j'arrive » le rassurent.

Une tête rougeaude à la moustache blanche apparaît dans l'huis entrebâillée.

« Que voulez-vous ? interroge l'habitant, bougon.

— Monsieur Malivel ? Monsieur Georges Malivel ? questionne Rémy.

— Oui, c'est moi. Je n'ouvre pas aux colporteurs, ajoute l'interpellé en regardant la mallette du visiteur.

— Je ne suis pas un colporteur, Monsieur Malivel, je viens de la part d'Andromaque 11 737…

— Ah ? fait l'autre, étonné. Je… elle ne m'a jamais parlé de… au fait, qui êtes-vous ? Quel est votre nom ?

— Celui-ci ne vous dirait rien… mais puisque vous insistez… je m'appelle… Renaud Balland… je suis un collègue, mais aussi un ami d'Andromaque 11 737…

— … Vous avez un code ?

— Astyanax 11 456…

— Ça ne me dit rien…

— Par contre, moi, j'ai un renseignement de la plus haute importance à vous communiquer… »

L'assurance et le ton sans équivoque de Rémy brisent la résistance de Malivel qui libère l'huis.

Grenier pénètre dans un hall aux murs recouverts d'un revêtement en bois. Il est aussitôt entraîné dans un cabinet de travail situé à main gauche en entrant.

Rémy doit agir vite. Il couche la mallette sur une table puis, compose les numéros des verrous de sûreté pour les faire sauter simultanément d'un mouvement sec des pouces. Il s'empare alors d'un revolver très plat, de couleur grise, une arme légère de petit calibre à canon long muni d'un silencieux. Une arme redoutable, très précise et sans recul, conçue pour tuer du premier coup.

Calmement, Grenier déverrouille la sécurité, allonge le bras et fait feu. La balle, propulsée du canon à 200km/h., pénètre en provoquant des dégâts considérables, ne laissant presque aucune trace apparente à l'impact. Frappé de plein fouet, Malivel s'écroule. Les yeux ouverts, interrogeant le néant, un filet de sang s'échappe de sa bouche et vient souiller le col de sa chemise. Rémy ne s'en émeut guère, habitué qu'il est à ces confrontations froides et silencieuses avec la mort.

Grenier effectue le chemin en sens inverse. Il referme la porte d'entrée aussi impassible qu'un huissier de justice, fort du devoir accompli. Les deux vieux sont toujours occupés à deviser sur le banc sans s'intéresser à ce qui se passe autour d'eux.

D'un pas alerte, Rémy atteint la station de métro. À cette heure-ci, il n'y a pas grand monde sur les quais. Une voix anonyme, déversée dans un haut-parleur, nomme les stations qu'il visite temporairement. Indifférent, Rémy, bercé par le roulis de la rame, planifie déjà son séjour à Lorval. La pêche, mais aussi, et surtout, les longues randonnées pédestres en amoureux qui se termineront, le soir, au coin d'un feu de bois, devant une bonne table, agrémentée d'un de ces nectars qui se hume avec délicatesse puis se déguste avec onction et révérence.

Soudain, une étrange prémonition s'empare de notre homme. Elle suggère, insidieuse, quelque chose de terrible, provoquant une sensation d'étranglement lui faisant ressentir le besoin pressant de se retrouver auprès de Christine pour la protéger.

Dans la fièvre de son effroyable présomption, Grenier change ses habitudes d'après mission et gagne le complexe commercial, investi par les employés de bureau durant le temps de midi.

Dans *La galerie des pas perdus*, il croise un quidam qui le salue. Le type lui décoche un regard complice, persuadé qu'il est là, également, pour relever les dividendes d'une petite annonce porteuse d'espoir en des affinités nouvelles.

Dans la petite boîte, flanquée du numéro 195, Grenier, la peur au ventre, découvre la traditionnelle enveloppe grise. Il la décachette nerveusement et ne prend pas la peine de lire les instructions. Frappé de stupeur, l'homme, impuissant, voit la trappe s'ouvrir sous ses pieds. Il ressent aussitôt la brûlure, provoquée par une invisible corde, meurtrir la chair de son cou. Ses mains cherchent désespérément à s'agripper pour juguler une abominable souffrance, préfaçant une fin inéluctable.

Au bas de la missive, en caractères gras, est indiqué le nom de... CHRISTINE SARRAND !

5.
MÉCHANTE EMBROUILLE

En ce temps-là, l'imper et le chapeau étaient les accessoires vestimentaires du policier... ou du truand, quand les deux ne se confondaient pas. Des accessoires qui pouvaient devenir les éléments clés d'une méchante embrouille. C'est ce que raconte ce récit.

Claire s'étire entre les draps froissés. Sa poitrine généreuse, découverte, s'offre au pâle rai de lumière d'un jour gris s'infiltrant par la fente des rideaux mal fermés. Elle pose un baiser sur la nuque de l'homme endormi à ses côtés. Nue comme l'enfant qui paraît, elle se dirige vers la salle de bains. L'eau de la douche dessine sur son corps des milliers de perles de cristal se multipliant sans cesse. Le doux ruissellement du liquide sur sa peau vient presque lui faire oublier la terrible machination mise en place et dont elle est le personnage central. Tout à l'heure, avant de quitter l'appartement, elle devra veiller à ce que la serviette en cuir brun soit bien installée sur le sofa du salon.

Le commissaire Jean-Philippe Traquard sait qu'il joue gros. L'occasion est cependant unique et ne se représentera pas de sitôt. Il compte sur son don de persuasion et une certaine candeur de la part de son interlocuteur. Après s'être raclé la gorge, il se renverse dans son fauteuil, attendant, pour commencer, que l'inspecteur Carpin allume le cigarillo qu'il vient de lui tendre.

« Inspecteur, vous n'ignorez pas l'estime dans laquelle je vous tiens. Aussi, à qui d'autre aurais-je donc pu penser pour confier une mission que je qualifierais de très délicate ? Tout plaide en votre faveur : votre ancienneté, votre éternel dévouement, vos états de service, votre rapidité d'exécution... des qualités qui m'ont convaincu de vous choisir... »

Carpin rougit, bredouille quelques mots de remerciement que Traquard interrompt aussitôt.

« Non, non, inspecteur, vous me connaissez, il n'entre pas dans mes habitudes d'adresser des compliments. D'ailleurs, je préfère vous mettre en garde : vous n'aurez pas trop de vos qualités pour mener à bien la mission en question. À ce sujet, je crois superflu de vous rappeler que la discrétion la plus totale s'impose. Le sacro-saint « secret professionnel », condition *sine qua non* de la réussite d'une telle entreprise. Surtout, n'en parlez à personne, ni à vos collègues, ni même à votre femme. Je suppose que vous me comprenez ?

— Tout à fait, Monsieur le commissaire. »

Concentré, Carpin éprouve du mal à contenir la curiosité qui le dévore. Le commissaire semble s'en amuser et doit faire un effort pour garder une attitude distante et impersonnelle. Se raclant à nouveau la gorge, il poursuit :

« Vous souvenez-vous de l'inspecteur Laurent Baret ? »

Le cigarillo s'échappe brusquement des doigts de Carpin et va rouler à ses pieds dans une gerbe d'étincelles. Il marmonne une vague excuse et plonge, à quatre pattes, à sa recherche. Il profite de cet incident pour reprendre ses esprits.

« Quoi ? Il veut me parler de cette petite ordure… se douterait-il de quelque chose ?… » L'inspecteur feint de mettre du temps pour récupérer son cigarillo. Quand il émerge, son visage a retrouvé son manque d'expression.

Sa voix chevrote un peu lorsqu'il questionne :

« Euh… n'est-ce pas ce pourri qui, après avoir quitté la police, s'est adonné à des trafics douteux ?… Euh… des affaires louches et qui, à chaque fois qu'on croyait le pincer, a toujours réussi à passer entre les mailles du filet ?

— Exact ! confirme Traquard. Il est impliqué dans des tas de trafics et d'escroqueries mais, jusqu'à présent, nous n'avons jamais pu le prendre en flagrant délit ni même réunir suffisamment de preuves pour le coffrer. Mais, tout ça n'est rien par rapport à ce dont on le soupçonne aujourd'hui. »

Le commissaire Traquard se lève comme pour mieux impressionner son interlocuteur par sa stature.

« Je possède un dossier transmis par le Ministère public certifiant que Laurent Baret est impliqué dans un service d'espionnage contre la Sûreté de l'État ! Vous permettez ? Je vais chercher les documents… »

Il passe dans la pièce à côté, laissant Carpin, perdu dans ses pensées. Ainsi donc, Laurent Baret, l'homme qu'il hait le plus au monde, tremperait dans une sombre affaire d'espionnage. Baret pour lequel sa femme Claire, si éblouie par le luxe, a les yeux de l'amour… lui, le beau gosse chez qui l'argent a toujours coulé à flots… cet escroc qu'elle admire et cite régulièrement en exemple à son minable inspecteur de mari qui ne pourra jamais lui proposer le dixième de ce que l'autre pourrait lui offrir. Et voilà que par le plus heureux des hasards, l'heure de la revanche va sonner. C'est trop beau…

Traquard réapparaît et extirpe aussitôt l'inspecteur de sa rêvasserie en étalant devant lui une série de feuilles griffonnées.

« Commissaire, lance-t-il, cette affaire m'intéresse au plus haut point...

— Tant mieux, rétorque l'autre. Je n'en attendais pas moins de votre part. Je vais vous donner tous les détails concernant cette mission. Il compulse ses notes. Donc, Laurent Baret est soupçonné de transmettre, à une puissance étrangère, des renseignements de la plus haute importance. Malheureusement, comme cela arrive souvent, il nous manque des preuves directes qui nous permettraient de coincer cette canaille. »

Le commissaire s'arrête un instant. Il paraît songeur. Il ramène à lui une nouvelle feuille.

« En accord avec le Ministère public, j'ai dressé un plan d'action qui devrait nous permettre de livrer Baret à la Justice. Attention, cependant, ce type est malin et, vu l'importance des intérêts en jeu, nous devrons agir très prudemment, et même, ne pas hésiter à user de moyens irréguliers s'il le faut... les services fédéraux m'ont passé un tuyau que nous allons exploiter à fond... »

Traquard fixe l'inspecteur comme s'il voulait l'hypnotiser.

« Laurent Baret doit revenir, dans le courant de l'après-midi, porteur des instructions de ses commanditaires. Il s'empressera de les dissimuler chez lui. Votre mission consiste à mettre la main sur ces documents le plus rapidement possible. Je me fais bien comprendre ?

— Tout à fait, Monsieur le commissaire. Euh… quand dois-je interveni ?

— … Avant qu'il ait le temps de mettre les documents en sûreté. Par exemple, dans un coffre, un tiroir, une serviette… vous l'observerez et agirez à ce moment précis.

— Très bien, mais, euh… comment vais-je m'introduire dans l'appartement ? s'inquiète Carpin.

— Au moyen de cette clé » lance Traquard, en poussant vers l'inspecteur une petite clé enfermée dans une enveloppe en cellophane.

« Nos services ont profité de l'absence de l'intéressé pour relever l'empreinte de la serrure. Pointez-vous chez lui en début d'après-midi, afin de vous familiariser avec la configuration des lieux et, surtout, de trouver une bonne planque pour guetter son retour. Enfin, agissez pour le mieux… vous avez toute ma confiance. L'essentiel consiste à le prendre sur le fait et à ramener les documents. »

Carpin se lève mais le commissaire, d'un geste de la main, lui intime l'ordre de se rasseoir.

« Je n'ai pas terminé, inspecteur ! Vous savez, comme moi, que ce genre d'individu est prêt à tout. Le type doit être armé. Alors, s'il oppose la moindre résistance, n'hésitez pas... employez la force et même... tirez si votre vie est en danger... le Ministère public m'a assuré que vous serez couvert quoi qu'il arrive. En outre, je puis vous certifier qu'en cas de succès, votre avancement suivra immédiatement. Je pense n'avoir rien oublié, avez-vous des questions à poser ?

— Aucune, le message est reçu cinq sur cinq, Monsieur le commissaire. Dès ma mission accomplie, je viendrai vous rendre compte des événements.

— Bonne chance, inspecteur ! N'oubliez pas que la Sûreté de l'État vous sera redevable de cette action d'éclat... »

Carpin prend congé du commissaire Traquard. Ce dernier laisse s'écouler quelques minutes avant de décrocher le combiné et former un numéro.

La sonnerie ne grésille que deux fois avant qu'il obtienne la communication. Une voix douce fait « allô » à l'autre bout de l'appareil.

« Claire ?... C'est moi, Jean-Philippe. Ton mari vient de quitter le bureau. Il a marché à fond.

— En es-tu certain, mon chéri ? questionne, inquiète, la jeune femme.

— Je crois bien connaître Omer. Malgré le fait qu'il réussisse à garder une attitude imperturbable, il n'a pu s'empêcher, à l'énoncé du nom de Baret, de laisser tomber son cigarillo, tant son émotion était grande.

— Penses-tu qu'il va le tuer ?

— Comme deux et deux font quatre... tu imagines, liquider un rival en toute impunité ! L'occasion est trop belle pour lui et risque de ne plus jamais se présenter.

— J'aimerais avoir ta confiance...

— À propos, as-tu bien mis la serviette, en évidence, sur le sofa ?

— Oui, mais... comment te le dire...

— Quoi donc ?

— Je... Claire se met à sangloter. Entre deux trémolos, elle avoue :

— Je me suis aperçue que j'avais laissé notre correspondance dans une pochette intérieure...

— Nom de Dieu, Claire ! Te rends-tu compte de ce que tu me dis ? Cette connerie risque de flanquer notre plan par terre...

— Oh, mon chéri, ne m'en veux pas... je vais aller tenter de la récupérer...

— N'en fais rien surtout ! Tu n'es pas en état, tes nerfs pourraient te trahir. Il consulte sa montre. Il est un peu plus de onze heures. Je fais un saut jusque-là pour récupérer les documents compromettants. Ce sera l'affaire de quelques minutes. Je te rappellerai. »

Traquard raccroche et, sans perdre de temps, met son chapeau et enfile son imper.

Lorsqu'il quitte le bureau du commissaire, Omer Carpin, impatient d'être à pied d'œuvre, se rend chez Baret. Il jubile à l'idée de pouvoir se débarrasser d'un rival honni, tout en accomplissant un devoir de fonction. Un meurtre légal !

« S'il oppose la moindre résistance, n'hésitez pas… employez la force même… tirez si votre vie est en danger ». Pour sûr qu'il n'hésitera pas… Traquard peut lui faire confiance… il tirera en toute circonstance. D'accord, Claire souffrira pendant quelque temps. Mais, au fond, ne souffre-t-il pas comme un damné ces derniers mois ? Sans compter que la mort de l'espion va redorer son blason.

« En cas de succès, votre avancement suivra immédiatement… » Carpin imagine déjà la fierté de Claire pour un homme qu'elle a trop souvent méprisé en lui reprochant la médiocrité de leur existence.

Le plus naturellement du monde, il franchit la porte de l'immeuble. Il appelle ensuite l'ascenseur. Quand il arrive à l'étage, l'inspecteur, toujours sûr de lui, glisse la clé dans la serrure. La porte s'ouvre sans effort. Les gars de l'empreinte ont fait du bon boulot. Cette fois, ça y est, il est dans l'antre de l'ennemi.

L'appartement est vaste. Les rideaux sont tirés. Une lampe tamisée le fait baigner dans une pénombre apaisante. Carpin remarque, non sans amertume, le luxe de l'intérieur. Un mobilier de classe, une épaisse et moelleuse moquette, des sièges aux coussins de velours rouge. Tout, ici, est conçu pour le confort, le bien-être, l'amour. Son visage se durcit, il imagine Claire s'offrant sans retenue dans une débauche d'ivresse. L'inspecteur s'empare de son revolver et en retire le cran d'arrêt d'un geste sec. Il cherche une cachette et jette son dévolu sur un paravent chinois derrière lequel, il se met en embuscade. Il glisse un œil par l'interstice qui sépare les panneaux et constate qu'il a une vue parfaite sur l'ensemble de la pièce.

Carpin se prépare à une longue attente lorsque, soudain, il entend le cliquetis de la clé tournant dans la serrure.

Il exulte. Le sort de Baret est scellé. C'est comme si on lui passait la tête sous le couperet de la guillotine. Il n'est plus qu'un cadavre en sursis.

L'inspecteur aperçoit l'ombre du visiteur se découper dans le chambranle de la porte d'entrée. Un court moment d'hésitation puis, après avoir refermé l'huis, le nouvel arrivant se précipite vers le sofa. Mais pourquoi, diable, tant de précipitation ? Pourquoi n'enlève-t-il pas ses effets ? Il agrippe une serviette qu'il ouvre aussitôt et se met à fouiller son contenu. Obnubilé par son désir de vengeance, Carpin sort de sa cache, pistolet au poing.

De saisissement, le commissaire Traquard lâche les enveloppes qu'il tenait dans sa main. L'inspecteur ne lui laisse pas le temps de décliner son identité. Six coups de feu se succèdent dans un terrible vacarme.

Traquard s'écroule d'une masse, face contre terre, son chapeau venant rouler aux pieds de Carpin.

L'inspecteur perçoit des éclats de voix dans l'escalier et le martèlement de pas qui se rapprochent de la porte. Mais toute cette agitation lui semble soudain si lointaine, si irréelle car, il vient de se rendre compte de sa bévue…

Omer Carpin est arrêté et emprisonné pour assassinat pur et simple. Devant les jurés, le témoignage de Claire s'avère capital. Elle avoue que la vie, ces derniers temps, était devenue insupportable, Omer supportant de plus en plus mal sa médiocrité. À tel point qu'il s'était mis en tête que son épouse et le commissaire Traquard entretenaient une liaison. Le brillant commissaire Traquard aux côtés duquel il faisait figure de tâcheron. Les scènes de jalousie devinrent de plus en plus fréquentes et violentes, Carpin allant jusqu'à proférer des menaces de mort contre son supérieur hiérarchique.

En conclusion, les jurés sont convaincus que l'inspecteur Carpin a entraîné Traquard dans l'appartement de Baret sous le fallacieux prétexte d'une sombre affaire d'espionnage. Sur place, il n'hésite pas à abattre froidement le commissaire.

Certains jurés se montrent même outrés par la défense de Carpin qu'ils soupçonnent de les prendre pour des naïfs. En effet, comment peut-on croire à une aussi abracadabrante histoire de mission que lui aurait confié le commissaire avec, en point d'orgue, un malheureux et fatal quiproquo ?

En attendant, Claire a réussi un joli coup en se débarrassant d'un soupirant envahissant et d'un mari encombrant. Pendant un certain temps, la jeune femme et Laurent Baret resteront discrets…

6.

DES JOURS
MEILLEURS

« Elle s'est juste un peu débattue... si elle a souffert? Je ne sais pas, peut-être... après tout, je m'en fiche... une bave blanche a embué le plastique que je serrais autour de son visage... c'était excitant....

— Qu'est-ce que tu me racontes ?

— Voyons, Brandon, n'avions-nous pas projeté de tuer ? » fait-il en haussant le ton.

À l'écoute des propos de Christian, nos voisins de table me prêtent subitement une attention soutenue. Pourquoi me dévisagent-ils, alors que c'est l'autre qui a proféré cette réflexion saugrenue ? En fait, je sais... en imposant naturellement le respect, Christian est de ceux que l'on n'ose toiser du regard. Avec mon air gauche, emprunté, timide, je suis une proie docile, plus facile à désarçonner.

Quelques sourires crispés, deux ou trois remarques dont je ne saisis pas la teneur et je retombe dans l'oubli de la mémoire collective, chacun vaquant à nouveau à ses occupations.

Christian, que la scène a amusé, poursuit, en baissant le son de sa voix.

« Oh, Brandon, descends de ton nuage, veux-tu ? Arrête de faire cette tête d'ahuri, j'ai commis ce meurtre pour t'aider. Tu as la mémoire courte. Dois-je te rappeler ce que j'ai dit lors de notre première rencontre ?... Tuer est l'unique moyen d'accéder à cette force, à cette puissance, qui procure un sentiment d'invincibilité et qui, par conséquent, annihile l'obsession de notre propre mort. Sans compter le plaisir que donne l'acte lui-même… imagine l'ivresse qui te gagne à la vue d'un être soumis, pétrifié par la peur, regardant avec une terreur suffocante les ciseaux que tu tiens d'une main ferme, prêt à couper le fil d'une vie précieuse…

Mais, je le répète, nous en avons parlé la semaine dernière et tu semblais persuadé de la véracité de mes dires… je me suis donc exécuté, tu ne vas pas me le reprocher aujourd'hui… »

Je ne peux qu'acquiescer. Christian a raison. Christian aura toujours raison parce qu'il franchit les limites que la pusillanimité m'impose.

Sa capacité d'amplifier la puissance qui l'habite et sa volonté de concrétiser ses pulsions destructrices, s'allient dans une cause identique dont le meurtre est l'aboutissement final. Un penchant obsessionnel pour la mort, différent du mien… différent de cette perception de l'organisme, passant par les deux éléments fondamentaux que sont le sang et le squelette, qui me torture depuis toujours… le sang, liquide fluide, la crainte de se vider… la crainte de la mort, en fait. Le squelette, l'antithèse du sang, représentant ce qui est dur, qui « tient tout ensemble », mais qui risque de se morceler, de se démembrer. Le corps mort, la putréfaction, la charogne... le liquide et le solide se rejoignant dans une même destruction, une identique désintégration de soi...

Et voilà que cette foutue migraine rapplique. Je dois avoir un cachet glissé dans la poche de ma chemise. Le miroir de la cafétéria me renvoie l'image d'un homme fatigué. Les yeux hagards, la main tremblante, je colle la petite pilule sur le bout de ma langue avant de l'expédier, par une goulée brûlante de café noir, au fond de ma gorge serrée.

Un long silence s'installe. Plus rien ne ranimera notre conversation, Christian disparaît comme sur un coup de baguette magique. Je ne peux alors qu'incliner la tête pour mieux admirer le tableau d'un inconnu, représentant la cafétéria, accroché de guingois au mur. Mon manège ne passe pas inaperçu, il amuse la galerie; des murmures suivis de rires étouffés me parviennent d'une table proche.

Cela m'enrage d'être espionné, j'ai l'impression que l'on fouille dans mon intimité, c'est dégradant ! Ce voyeurisme est insupportable. Je ne sais pas ce qui me retient de... enfin si, je le sais. Sans Christian, je suis désemparé. S'il était là, il remettrait ces impudents à leur place, il leur ferait passer l'envie de se moquer. Mais Christian est parti, je ne sais pas où il est allé. Et puis même si je le savais, je n'aurais pas l'audace de le rappeler, par crainte de le déranger. Je suis éperdu, le cachet doit agir de manière soporifique.

Tant qu'il me reste un peu de lucidité, je hèle le garçon pour régler ma consommation. Dans le brouhaha, il ne m'entend pas, trop affairé qu'il est devant les nombreuses commandes à honorer.

Les paupières lourdes mais l'esprit éveillé, je transforme, pour passer le temps, le miroir de la cafétéria en écran de cinéma où elle apparaît dans le champ de la caméra braquée sur une impasse. La vieille femme marche avec peine, ignorant qu'on la suit, enfin, qu'IL la suit…

Tenant à bout de bras un sac de provisions, elle s'arrête tous les dix pas pour changer de main. Le sac déborde, il est trop lourd pour ses pauvres membres exténués par une longue vie de durs labeurs.

Christian arrive à sa hauteur, échange quelques mots et la soulage de son fardeau. Je comprends sa tactique : il apprivoise sa victime pour faciliter sa sinistre besogne. Arrivés à destination, les gestes lents, précieux de la vieille femme, fouillant dans son sac pour trouver une clé, énervent Christian, impatient de passer à l'acte.

Un tour dans la serrure et la porte s'ouvre sur un couloir sombre. La vieille femme actionne le commutateur mais aucune lumière ne jaillit. L'ampoule, qui n'est pas protégée par un plafonnier, a vécu.

Ils se dirigent vers une porte donnant accès à la cuisine où Christian dépose sa charge. La vieille femme remercie. Confiante, elle n'attend pas qu'il ait quitté les lieux pour tourner le dos et commencer à ranger ses emplettes. Christian extrait un sac en plastique tout plié d'une poche intérieure de son blouson. Je sors de la poche de mon pantalon un mouchoir en papier froissé, que je déploie, pour tamponner mon front humide. Ma nervosité tranche avec le calme de Christian.

Trop occupée, la vieille femme ne sent pas la mort qui rôde autour d'elle et qui s'approche sournoisement.

À présent, il s'agit à la fois d'user le mieux possible de l'effet de surprise et de chasser les interrogations qui pourraient tout faire capoter en concentrant toute son énergie sur le but qu'on s'est fixé. La froideur de la détermination ne doit rien concéder à la chaleur de l'excitation, et, revêtant la queue de pie d'un maestro impérial aux gestes harmonieux, il se doit d'accorder ces deux composantes dans une partition impeccable.

Christian se jette sur sa proie. D'une main, que de grosses veines bleues sillonnent, la vieille femme agrippe le poignet du meurtrier, comme si elle craignait de tomber. De l'autre, elle exécute des moulinets, guidés par l'instinct de conservation plutôt que par l'espoir réel de se soustraire à l'implacable étreinte. La lutte est brève. Les traits du visage sont déformés par le plastique, une bave blanche coule de ses lèvres violacées. Une chaude exaltation intérieure m'envahit, identique à celle provoquée chez Christian, à la vue de la chaîne du camée de la vieille femme meurtrissant sa gorge goitreuse.

Elle n'est bientôt plus qu'une poupée de chiffons, molle, désarticulée. Christian maintient sa prise durant un moment encore pour ne la desserrer que lorsqu'il sera certain que la vie a quitté le corps de sa victime.

Livide, les bras ballants le long de mon siège, je respire avec difficulté. Ma tête est prête à exploser de mal. Les yeux plissés, je réduis ma vision du miroir/écran.

« Vous ne vous sentez pas bien, Monsieur ? »

Cette question me ramène dans le moment présent. Je lève le menton et aperçois le garçon au front barré d'une ride soucieuse.

« Merci, ça ira… euh… combien vous dois-je ?

— Vous êtes sûr ? Sinon, j'appelle un médecin… il n'en manque pas ici. Il n'y a que l'embarras du choix, ajoute-t-il avec un point d'ironie dans la voix.

— N'en faites rien, je vous assure que ça va… juste un peu d'anxiété…

— Je comprends… mais je me permets d'insister…

— Laissez-moi tranquille, voulez-vous ? Dites-moi ce que je vous dois, un point c'est tout ! »

Devant mon air agacé, le type n'insiste plus. Il n'est pas dans mes habitudes de rudoyer autrui. Je ne possède pas l'aplomb de Christian et si je viens de jubiler face à sa démonstration, parfaite, dans l'accomplissement d'un meurtre, je n'ai pas encore assez de cran pour l'imiter. Aussi, pour me faire pardonner de tout à l'heure, je me radoucis quand le garçon vient rendre la monnaie :

« Merci de vous être inquiété, l'air frais va me requinquer… à la prochaine ! »

Je quitte la cafétéria de la clinique *Des Jours Meilleurs*, un dispensaire moderne qui s'érige sur la Place des Tilleuls, où, depuis qu'on se connaît, Christian et moi avons l'habitude de prendre un café. Ici, les murs sont recouverts de velours gris, conférant à l'endroit, une ambiance feutrée, propice au besoin de sérénité des pensionnaires.

Mon mal de tête se dissipe curieusement sous l'effet du vent qui souffle sous les arcades. Ce ne sera que de courte durée, la céphalée revenant au triple galop à la pensée de cette vieille femme... au spectacle de l'extermination brutale d'une vie. Une expérience pas tout à fait concluante, mon émotion était encore trop vive. Une totale maîtrise de soi permettrait l'accomplissement d'un acte beaucoup plus significatif. Celui-ci traduirait la réussite de la thérapie par le dépiautage de la victime, par exemple... un vrai crime de sang mettant à nu les entrailles d'un martyr, sacrifié sur l'autel de la force brute et de l'animosité la plus profonde sans que j'en sois le moins du monde affecté...

Je me raccroche à Christian pour accéder à cette sublimation. Christian, à l'imagination créatrice, m'épaulera alors dans un exploit remarquable qui me verra terroriser un inconnu pour lequel je ne ressentirai qu'hostilité et malveillance, accomplissant mon acte sans sourciller.

« Brandon ! Brandon !... » Mon nom se répercute en écho contre les colonnes du dispensaire, porté par le vent qui me fouette le visage.

J'aperçois Oliver Blow, mon éducateur. Il se précipite vers moi en brandissant un papier et m'annonce, triomphant :

« La délibération est finie. Ton projet de vie a été accepté à l'unanimité. C'est moi qui le superviserai... » Un sourire radieux illumine son visage. Nous tombons dans les bras l'un de l'autre.

Ainsi, ils considèrent que je ne représente plus un danger, que mon psy a réussi à me remettre sur les rails. Son travail de longue haleine a porté ses fruits en me révélant la personnalité de Christian, mon opposé... un opposé cohabitant dans la même enveloppe charnelle...

Oliver se porte garant de ma vie future, je signe une décharge qui me libère.

Ils m'ont trouvé un logement, chez une dame, propriétaire d'une maison en plein centre de la ville. Je prends connaissance de l'adresse, pressé de m'y rendre.

Je marche, l'esprit serein. Christian me guide et je n'éprouve aucune peine à suivre son pas décidé. On arpente une longue et large avenue. Les gens nous cèdent le passage. Nous sommes les rois de la cité!

Cette allure conquérante nous conduit dans des quartiers moins huppés, des endroits plus déserts. Nous touchons au but.

Bientôt, nous gagnons l'entrée d'une impasse, des images déjà vues. Un décor familier. Soudain, j'éprouve le sentiment que Christian me lâche et le supplie de ne pas m'abandonner, pas maintenant. Ma tête cogne, elle va éclater. Je titube comme si j'étais ivre et prends appui contre un mur pour ne pas tomber. Ma valise est trop lourde à porter, je la pose à mes pieds. Je ferme les yeux. Le sol se dérobe sous mes pas. J'enfouis une main tremblante dans ma poche pour prendre un cachet mais mon vertige se dissipe tout à coup, mes forces refluent car… Christian est de retour ! Il ne m'a pas laissé tomber comme je le craignais. Je… ou plutôt… on se dirige, déterminés, vers l'adresse notée sur un bout de papier.

Après avoir sonné et frappé à l'huis, une vieille femme ouvre la porte avec méfiance. Je la gratifie d'un sourire charmant et me présente : Christian Brandon…

Je lui refile ensuite une lettre de mon éducateur, ainsi qu'un réquisitoire garantissant le paiement de la location par l'institut *Des Jours Meilleurs*. Elle étudie les documents en les palpant avec méfiance pendant que je guette, impatient, l'instant de passer à l'acte, les yeux rivés sur le camée qu'elle porte sur sa gorge goitreuse…

7.
ADÉQUATION PARFAITE

Le travail ne manque pas à Suzanne. Entre ses occupations et l'éducation de sa fille Caroline, le ménage et les courses, la lessive et le repassage, elle n'a guère le loisir de prendre du bon temps.

Mais aujourd'hui, la jeune femme décide de souffler un peu, de s'octroyer une bouffée d'oxygène. Afin de débuter ce jour de repos par une sieste réparatrice, elle s'est arrangée avec la voisine. Celle-ci conduira Caroline à l'école.

Après un petit-déjeuner tardif, composé d'un yaourt et d'un jus d'orange, Suzanne s'offrira une flânerie dans la Rue Saint-Paul, une artère commerçante proche de son domicile. Comme il y a de jolis coins verts dans les environs, elle s'imposera, l'après-midi, une randonnée qui s'achèvera devant les grilles de l'école où elle récupèrera sa fille.

Victoria est prostrée devant son miroir. Depuis plusieurs jours, elle se morfond entre ses quatre murs. Pourtant, le travail ne manque pas dans la maison; mais les tâches ménagères l'ont toujours rebutée.

Georges, son compagnon, œuvre dans un institut qui s'occupe de l'adoption d'orphelins. Elle a bon espoir pour sa demande… une enfant qui viendrait perpétuer la tradition…

« Georges, que dirais-tu de faire une balade comme nous les apprécions tant ?... Cela me ferait le plus grand bien.

— D'accord, mon ange, laisse-moi me préparer et je suis à toi.

— Merci, Georges, tu es un amour. »

Le dénommé Georges sait que lorsque Victoria éprouve l'impérieux besoin de communiquer avec l'extérieur, rien ne peut empêcher sa résolution ; une pulsion irrésistible la guide, lui ordonnant de donner libre cours à son instinct exacerbé, à sa sensualité à fleur de peau... ce dont son compagnon profite sans retenue.

Suzanne atteint l'Avenue des Mimosas. Un quartier résidentiel, proche de la Rue Saint-Paul. Les bâtiments qui l'occupent ne comportent guère plus de cinq étages. Des constructions modernes, liées à une obligation contractuelle d'esthétisme, s'étendent sur près de deux kilomètres jusqu'au lieu-dit *Le Chant du Coq*. Ici, on débarque en pleine campagne. Suzanne se retrouve sur un sentier de terre battue. Une cassure sans transition avec le monde urbain où se mélangent les senteurs presque oubliées de terres en jachère, de fleurs épanouies, d'herbes fraîches et de lisier. Le tout agrémenté du doux gazouillis des oiseaux.

Une expédition bucolique est souvent propice à l'élaboration de projets importants comme celui d'acheter une maison à la campagne, par exemple.

La jeune femme a retenu trois ou quatre annonces intéressantes dans un « toutes boîtes ». Le week-end sera donc consacré aux visites. L'évasion en pleine nature, l'éloignement de ce qui touche au quotidien afin de maintenir un sain équilibre pour le plus grand bien de Caroline; une enfant qui répugne à l'effort mais qui sera, dans un contexte champêtre, poussée à une salutaire dépense physique. C'est vrai que l'endroit est agréable par ici, mais la ville est beaucoup trop proche.

Victoria s'engage dans la rue Saint-Paul, suivie à distance par Georges qui éprouve du plaisir à leur jeu destructeur. Au fur et à mesure de sa progression, l'homme succombe à l'étrange et envoûtant parfum du désir pendant que sa compagne s'active à chercher des yeux parmi la foule, celle qui, d'une étincelle, les embrasera.

Indifférents, les passants déambulent, fermés comme des huîtres, ne prêtant nulle attention à leurs contemporains. Ils ignorent la présence de Victoria qui, tout à coup, aperçoit cette blonde immobilisée devant la vitrine d'un magasin de chaussures. Elle s'en approche et demande l'heure. La belle inconnue s'exécute avant de tourner les talons, signifiant ainsi son refus d'entamer la conversation.

Victoria ravale son amertume à grand-peine. Cette tentative avortée décuple sa détermination à dénicher celle qui assouvira une envie de plus en plus pressante.

Suzanne délaisse une ère de végétation sauvage entourant une fermette transformée en gîte par des scouts. Construction massive en pierres qui se dresse au beau milieu d'un terrain où le Ray-Grass domine. La jeune femme longe un grillage ceinturant un vaste enclos où lapins, cobayes, canards, oies et poules vivent en entente cordiale. Elle a emmené des morceaux de pain rassis dans un sachet pour satisfaire la gourmandise jamais rassasiée d'une faune sympathique et attachante. Après s'être délestée de son colis, elle consulte sa montre : il lui reste un peu plus d'une heure avant d'aller chercher Caroline à la sortie des classes.

Victoria se dirige vers l'Avenue des Mimosas. Elle se rappelle y avoir épinglé sa dernière conquête ; un superbe brin de fille au visage doux, ravissant. Un visage de Madone. Aussi, espère-t-elle répéter l'événement et goûter à nouveau, avec Georges, à cette sauvage ivresse de corps entrelacés, enfiévrés, par laquelle s'effondre le dernier rempart de la raison.

Victoria pressent le succès proche.

Grisée par le souffle léger du vent qui l'effleure, Suzanne s'arrête pour admirer les belles couleurs d'un paon du jour posé sur les épis floraux d'un buddleia, appelé arbre à papillons. S'arrachant à sa contemplation, la jeune femme juge qu'il est temps de rebrousser chemin si elle ne veut pas être en retard à l'école.

Lorsqu'elle atteint *Le Chant du Coq*, Victoria descend vers l'enclos où des animaux familiers se disputent, dans une joyeuse cacophonie, des morceaux de pain fraîchement distribués. Elle ralentit l'allure en apercevant, à l'horizon sur fond de ciel angélique, la frêle silhouette d'une jeune femme venant dans sa direction. Victoria pense poursuivre sa route pour aborder l'inconnue mais, l'échec de la rue Saint-Paul lui revient en mémoire. Elle se tourne alors vers son compagnon. D'un simple regard, ils se comprennent.

Georges traverse le sentier pour se camoufler dans un amas de branchages enchevêtrés proche de la fermette. Victoria fixe son choix sur une aire de feuillage dense, quelques mètres plus bas, y trouvant une cachette providentielle.

Bien que le soleil gêne sa vue, Suzanne perçoit, dans le lointain, des formes disparaître furtivement de son champ de vision. En passant près de l'enclos, elle est habitée par une sensation bizarre. L'impression désagréable d'être épiée. Des bruissements de feuillage la font frémir. Le vent est faible pourtant. Prise d'une panique soudaine, elle se dirige d'un pas rapide vers la fermette au linteau décoré d'une tête de renard coiffée d'une casquette verte; l'emblème de la troupe des scouts.

Prompte à reprendre ses esprits mais tendue à l'extrême, Suzanne fait le tour de la bâtisse, pensant très fort à Caroline pour juguler un trouble qui va grandissant.

« Ce serait une bonne chose qu'elle fasse du scoutisme, ça lui apprendrait à se débrouiller. Je la couve trop. Elle a tout de même neuf ans... »

Mais, l'horrible sentiment reprend le dessus. Mue par un instinct de conservation exacerbé, Suzanne cherche à pénétrer dans l'abri qui lui servirait de protection momentanée.

A l'intérieur, elle trouverait sûrement un objet qu'elle utiliserait comme arme dissuasive.

Avisant un volet mal fermé, elle le relève complètement. Suzanne jette un regard aux alentours comme un enfant prêt à faire une bêtise, voulant s'assurer qu'on ne le surprendra pas. Elle s'empare alors d'une pierre et la lance sur la vitre qui vole partiellement en éclats.

Délicatement pour ne pas se blesser, la jeune femme passe l'avant-bras à travers la brèche. Saisissant la poignée, elle la rabat d'un coup. Une énergique poussée contre le chambranle et la fenêtre s'ouvre toute grande. Suzanne enjambe l'appui et d'un coup de rein se retrouve à l'intérieur. Elle s'empresse ensuite de rabattre le volet afin de ne pas trahir son passage.

Victoria n'a rien perdu des agissements de Suzanne. Ce manège l'a éperonnée. Cette jeune femme lui plaît, comme l'autre, comme toutes les autres. Georges doit partager cette émotion. Elle l'attend et se met en transe quand il apparaît.

Devant la fenêtre par laquelle s'est introduite Suzanne, les amants échangent un baiser fougueux, émoustillé par la perspective de la curée. Un baiser animal qui met leurs lèvres en sang.

L'unique pièce du rez-de-chaussée est garnie sommairement. Quelques fauteuils, un grand canapé et un pouf entourent une desserte installée en oblique devant une cheminée. Derrière le canapé, une longue table en vieux chêne et trois chaises. C'est tout.

Une indicible terreur envahit Suzanne. Quelqu'un vient d'ouvrir le volet ! Un projectile puissamment expédié dégage la fenêtre des débris de verre qui éclatent en mille morceaux. La jeune femme gravit en courant les marches d'un escalier menant à l'étage.

Là, traînent des sommiers, des matelas poussiéreux, une vieille commode branlante et un convecteur au gaz. Pour toute décoration murale, une photo écornée, punaisée de travers, représente les patrouilleurs scouts autour d'un drapeau. Ne trouvant rien pour se défendre, Suzanne, désespérée et tremblante, se blottit derrière la commode, implorant le ciel qu'on ne l'y découvrît point.

À présent, les marches de l'escalier geignent. Les pas sont lents comme s'ils prenaient tout leur temps pour entretenir la peur qu'ils engendrent et l'amplifier jusqu'à la démence.

Un fol espoir gagne Suzanne quand elle aperçoit d'abord la silhouette rassurante d'une femme. Mais elle déchante aussitôt devant la complicité évidente et la mine menaçante de fauves se régalant à l'avance d'un jeu cruel.

Suzanne a envie de crier mais personne ne l'entendra. Elle voudrait pleurer mais ça ne fera qu'aviver leur férocité. Ses supplications intensifient leur affreux plaisir. Des furies, prédateurs à face humaine, implacables, dénaturés, sanguinaires, qui se repaissent de cruauté, avides d'infliger des supplices dont ils exultent.

Ignorant la pitié, ils communient dans une même et ignoble jouissance. Suzanne est leur chose, leur objet. Ils la tiennent et en abuseront jusqu'à satiété avant l'inéluctable mise à mort.

La cloche de l'école rappelle à Caroline qu'elle va, une fois de plus, être la risée de ses camarades. Elle vient de célébrer son dix-septième anniversaire mais n'a toujours pas obtenu la permission de rentrer seule à la maison.

Georges et Victoria, ses parents adoptifs, continueront sans doute longtemps à venir la chercher car ils savent qu'à l'extérieur rôdent des êtres dangereux contre lesquels il faut la protéger tout en l'initiant graduellement à leur plaisir… ainsi va la vie, ainsi vient la mort.

8.
LA TOILE

Gene Rowling ignore depuis combien de temps il est assis au comptoir du bar le George café, dernière étape avant le désert. Par contre, il imagine que la police, dont il a déjoué tous les pièges, est à mille lieues de penser que, lui, « le tueur du clair de lune », a l'intention de « s'amuser » sous d'autres cieux. Car, au-delà du désert, c'est la frontière.

Comment Gene envisage-t-il sa nouvelle existence là-bas ? D'autant qu'il y aura aussi des lois à respecter… mais, après tout, Rowling se fiche des règles, d'où qu'elles viennent. Le regard féroce, reflet d'une âme prisonnière d'un tourment destructeur, il n'a jamais obéi qu'aux siennes, qu'il nomme « instincts », répondant toujours présent à leur appel. Ces femmes qu'il viole ou tue, l'obligent à user de sa force pour assouvir ses désirs ; sans cela, elles ne lui donneraient jamais le plaisir qu'il est en droit d'attendre de leurs charmes.

Combien d'entre elles sont déjà passées, soumises à sa vigueur, entre ses mains puissantes ? Il ne saurait le dire et laisse au shérif Halley le soin de tenir sa comptabilité à jour.

John Lee Halley n'est pas à prendre avec des pincettes. Son adjoint, Steve Brown, courbe l'échine devant l'orage.

« Six victimes ! Ce salaud a abusé de six malheureuses victimes et, malgré un portrait-robot placardé dans tous les magasins de la ville, personne n'a encore été fichu d'apercevoir ce dingue ! En haut lieu, on commence à la trouver saumâtre… on s'impatiente… si ça continue, je vais devoir rendre mon insigne. Quand je pense que j'ai failli coincer plusieurs fois ce Rowling ; mais le fumier s'en est chaque fois tiré. Y en a marre de cette partie de cache-cache, je veux en finir… »

Le téléphone sonne. Le policier, toujours énervé, décroche.

« Allô ? Oui, je suis bien le shérif Halley, avec deux « l », comme la Comète… comment ? Que dites-vous ? Où ça ? »

Son visage s'illumine soudain. Halley s'empare d'un bout de papier sur lequel il griffonne quelques mots avant de raccrocher sans juger utile de remercier son interlocuteur.

« Steve, suis-moi, y a pas une minute à perdre. Gene Rowling a été repéré à la station service Jefferson…

— C'est à l'autre bout de la ville, la dernière station avant la route qui file vers le désert…

— Et alors ?

— Ben, ça signifie peut-être qu'il veut changer d'État. Faudrait avertir les Fédéraux…

— M'emmerde pas avec ça, veux-tu ? Allons-y… »

Gene Rowling sirote un verre de Jack Daniels quand son attention est attirée par l'angle que forment deux poutres, à l'endroit où une épeire entreprend de tisser sa « roue de la mort » avec patience. Une véritable nappe soyeuse faite d'innombrables fils très fins, tendus entre des lisières plus résistantes.

Alex Benton, le barman du George café, observe son client du coin de l'œil. Malgré la lumière tamisée, il se dit que cette bobine ne lui est pas inconnue. Il l'a déjà vue quelque part, mais où ? Impossible de s'en souvenir. Aller le lui demander ? Il hésite, le gars ne paraît pas très sociable. Dès son entrée, il s'est isolé à l'autre bout du zinc. Il a juste ouvert la bouche pour commander à boire.

« Sûrement un blessé de la vie qui cherche à cicatriser ses plaies dans l'univers factice des bars » en déduit Benton.

Halley et Brown pénètrent dans la boutique de la station Jefferson. Ils répètent à plusieurs reprises le manège consistant à ouvrir et à fermer la porte pour que la sonnette d'entrée finisse par avertir quelqu'un de leurs présences. Un vieillard, à la longue barbe blanche mal soignée, arrive en boitant dans le magasin.

« Bonjour, Messieurs, que puis-je pour vous ? demande-t-il d'une voix chevrotante.

— Je suis le shérif Halley et voici mon adjoint, Steve Brown, vous nous avez appelés tout à l'heure…

— Parlez plus fort, j'entends très mal…

— … Paraît que Gene Rowling, « le tueur du clair de lune », était ici, y a moins d'une heure, fait Halley en haussant la voix.

— Qui ça ?

— On n'est pas sorti de l'auberge, grommelle le shérif, avant de réitérer sa demande en hurlant.

— C'est pas moi, j'ai vu personne, je me réveille à l'instant d'une sieste. Vous savez à mon âge…

— ÉCOUTE, GRAND-PÈRE, MON TEMPS EST PRÉCIEUX, SI C'EST UN CANULAR…

— Ce doit être un de mes fils qui a appelé…

— OÙ SE TROUVE-T-IL ?

— Ils sont tous les trois dans le garage… vous imaginez pas le boulot qu'il y a pour retaper les bagnoles… les gens sont si négligents…

— D'ACCORD, PÉPÉ, JE TE CROIS, Halley est de plus en plus nerveux, MAIS JE TE DONNE DEUX SECONDES POUR IMPROVISER UNE RÉUNION DE FAMILLE AFIN DE SAVOIR QUI A PRÉVENU LA POLICE…

— O.K., O.K., vous énervez pas… ce doit être Jerry. Il est de corvée « essence » aujourd'hui. »

Jerry Jefferson est un grand gaillard aux oreilles décollées. Son effrayante maigreur ferait douter de sa capacité à mener à bien des travaux physiques plutôt durs. Un paquet de nerfs mis au service d'un abattage peu en rapport avec son apparence fragile.

« … Le type a fait le plein… une vieille Chevrolet de couleur bleu métallisé… j'ai pas eu le réflexe de relever le numéro d'immatriculation… je vous ai appelé juste après son départ…

— Z' êtes certain que c'est Gene Rowling ?

— Ah pour ça, oui… il ressemble comme deux gouttes d'eau au gars sur l'affiche…

À présent, la toile est tendue. La spirale visqueuse du centre sert de piège, les autres fils étant plus secs. L'épeire se cache, comptant sur un fil d'alarme spécial pour la prévenir… Rowling l'observe et transpose en pensée… il est à l'affût. Son alarme à lui, c'est ce doux parfum dont il ignore la marque mais qui l'attire en effleurant ses narines. La jeune femme passe en riant aux éclats. Elle esquisse quelques pas de danse aux sons d'une musique tonitruante qui s'échappe des enceintes d'un dancing aux murs mal insonorisés, volant ainsi encore de précieuses minutes à ce bonheur qu'elle sait fragile. L'inconnue, toute à sa joie, emprunte le sentier des pas perdus, suivie à son insu par Gene. Le coin est mal éclairé. Le piège se referme. Rowling y a déjà opéré, c'était sa première victime. Les journaux ont fait leurs choux gras de l'affaire, la télé y a consacré un reportage. Le sentier des pas perdus a été longtemps placé sous surveillance. En a-t-elle souvenance ? Ou alors, elle s'en moque, elle plane, parce que, de toute façon, « ça n'arrive qu'aux autres »…

« Curieux, chef, qu'un type dont la tête est mise à prix, ne soit pas plus prudent lors de ses déplacements… qu'il use de déguisements, par exemple. Jerry Jefferson ne l'aurait pas reconnu, s'inquiète Brown.

— À force de nous glisser entre les pattes comme une anguille, Rowling s'imagine que la baraka le lâchera jamais, qu'elle le protégera quoi qu'il arrive. Dès lors, pourquoi user de précautions ?... Et puis, ça lui permet de nous narguer un peu plus... répond Halley, prêt à ajouter « rira bien qui rira le dernier » mais, son acolyte l'interrompt.

— Notez que si on avait maintenu notre vigilance au sentier... on n'en serait pas là, ajoute Brown, un regret dans la voix.

— Si, si, si, tu connais la chanson, Steve, ce Rowling est fou, mais pas stupide. Sûr qu'après son premier forfait, il allait changer de coin... ce qu'il a fait d'ailleurs...

— Oui... n'empêche qu'il a récidivé au sentier..., persiste l'adjoint.

— Assez, braille Halley, Mister Brown estime que je mène mon enquête comme un incapable ! Vas-y, aie le courage de le dire !

— Vous fâchez pas, shérif, je réfléchissais tout haut, c'est tout...

— Alors, écoute-moi bien, Steve, primo, réfléchis en silence, deusio, si je « saute », tu « sautes » avec moi et tertio, avant de « sauter », contacte Silverstone pour qu'il rapplique avec trois voitures. Il nous reste une chance d'alpaguer Rowling avant la frontière. Sur la route qui mène au désert, y a un bar, le George café. Gageons que notre homme s'y soit arrêté pour prendre du repos avant la longue route qui l'attend. Y a plus une minute à perdre...

— On ne contacterait pas le George café pour savoir si Rowling s'y trouve vraiment ?

— Tu sais qu'il y en a là-dedans, s'exclame Halley en tapotant le front de Brown à l'aide de son index.

— J'appelle la Centrale pour qu'on me donne le numéro de téléphone du bar, poursuit l'adjoint sur sa lancée.

— Grouille-toi, chaque minute compte. J'ai pas envie de faire appel aux fédéraux, ça me ferait mal que ces prétentieux s'en mêlent... c'est une affaire entre Rowling et moi !

Gene Rowling chasse une mouche qui s'est posée sur le bord de son verre. Dans sa fuite, l'insecte effectue une courbe, heurte la toile et s'y empêtre. Les fils vibrent, se tendent, donnant l'alerte. Le prédateur, caché au-dessous de la toile, fond sur sa proie. À l'aide de son venin, l'araignée immobilise sa prise. Gene l'observe et transpose toujours en pensée... d'instinct, la jeune femme, qui s'est enfoncée dans le sentier des pas perdus, se rend compte qu'elle est suivie et, accélère l'allure. Rowling l'imite, abandonnant toute prudence. Leurs pas résonnent, dissonants. L'inconnue se met à courir en zigzag tout en appelant à l'aide. La panique la fait chuter. Gene se jette sur elle, l'assomme puis, donne libre cours à ses pulsions.

Alex Benton a un cousin ferrailleur qui se passionne pour les vieux tacots, investissant tout son argent dans leurs achats. Le modèle de la Chevrolet de Rowling pourrait l'intéresser.

« Voilà un bon sujet de conversation pour rompre le silence avec mon client taciturne, pense Alex, et lui dire, par la même occasion, que son visage m'est familier... »

Les quatre voitures de police avalent les kilomètres à vive allure. Sirènes et gyrophares sont éteints. Il s'agit de ne pas effrayer le gibier si d'aventure il se trouvait au George café dont l'adjoint Brown a obtenu le numéro de téléphone. Bientôt le bar est en vue et Halley, qui conduit la première voiture, repère la Chevrolet ; son toit brille sous un rayon de lune. Le policier a un sourire de satisfaction :

« Je le tiens, ce fils de pute ! »

Halley fait garer les véhicules à distance, sur les bas côtés de la route poussiéreuse et réunit les hommes pour donner ses ordres :

« Steve, téléphone au bar pour avertir de notre présence. Dis surtout de ne pas paniquer, on a la situation en mains. Après, tu me rejoindras près de la Chevrolet de Rowling. Silverstone et Capehart, postez-vous derrière l'établissement. Toi, Preston, planque-toi derrière le taillis, là-bas, sur la gauche. Lorrigan, place-toi aux abords du muret qui se trouve à droite. Bradford et Sweevers gagneront le toit par l'escalier de secours… ainsi, il n'aura aucune chance d'en sortir… »

Après avoir paralysé la mouche d'une morsure venimeuse, l'épeire la dévore, puis rejette les restes à l'extérieur et répare le trou causé par sa propre effraction. Rowling l'observe et se souvient… d'avoir poussé le corps de sa victime dans les buissons, occultant, momentanément l'empreinte de son agression. Cependant, quelqu'un a dû entendre les cris de la jeune femme car les sirènes de police retentissent. Ils ne l'auront pas parce qu'il est invulnérable…

Quelque chose tracasse soudain Gene : le calme ambiant ! Un calme qui l'accompagne depuis son entrée dans le bar et qui ne colle pas avec son état d'homme traqué. Un calme anormalement long pour un fugitif. Pourtant, il ne devrait pas s'en inquiéter outre mesure puisque, comme à l'araignée, la vie lui a attribué un rôle de prédateur. Et si cette garce de vie avait changé les rôles ?

Rowling a une prémonition funeste. Pour la première fois de son existence, il se sent dans la peau d'une proie. Une proie qui, en cas de grabuge, aurait encore, malgré tout, la ressource de prendre ce niais de barman en otage.

Mais, cela ne ferait que retarder l'échéance. La partie est perdue. À force de tirer sur la corde, elle a fini par casser. Le funambule a perdu l'équilibre.

« Il regarde dans ma direction avec insistance... serait-ce une invitation à engager la conversation ? s'interroge Alex Benton, je vais lui toucher un mot au sujet de la Chevrolet, ça va sûrement... »

La sonnerie du téléphone retentit, coupant net l'élan du barman qui, le combiné plaqué contre l'oreille, le teint blême, ne répond que par « oui » ou par « non » aux questions de son correspondant, l'adjoint du shérif, Brown. Bien que son job l'ait amené à côtoyer bon nombre de drôles de cocos, le barman n'en mène pas large : se trouver nez à nez avec le tueur du clair de lune, lui donne des sueurs froides. Le signalement donné par le policier correspond au profil de son client dont il se souvient, à présent, d'avoir vu la tête sur des avis de recherche.

L'adjoint Brown rejoint le shérif Halley.

« Cette fois, ça y est, Rowling est cuit !

— Te réjouis pas trop vite, Steve, rappelle-toi que nous avons affaire à un homme rusé et déterminé... je crains d'ailleurs pour le barman... » Il s'empare d'un porte-voix.

« Rowling... je sais que t'es là... c'est le shérif Halley qui te parle... le bar est cerné ! T'as aucune chance de t'en sortir, rends-toi ! Il ne te sera fait aucun mal... par contre, si tu fais le malin... nous n'hésiterons pas une seconde à tirer... compris? Sors, les mains sur la tête... je compte jusqu'à cinq... un... »

« Donne-moi un torchon, dépêche-toi ! » ordonne Gene à Alex.

Ce dernier, tremblant, s'exécute sans broncher, prêt, cependant, à vendre chèrement sa peau au moyen du... tire-bouchon qu'il serre dans la main. Lorsqu'il aperçoit l'arme de fortune, Rowling, se flanque à rire.

Au-dehors, le shérif Halley vocifère le chiffre trois.

« Rassure-toi, je ne t'en veux pas. Je sais que t'y es pour rien... c'est « elle » qui m'a balancé aux flics » lance le tueur à Benton en écrasant l'épeire du pouce avant d'enlever la toile à l'aide du torchon, comme s'il voulait effacer toute trace de son passage dans l'établissement. Il poursuit, dépité :

« À force de l'observer, je me suis pris à son jeu, croyant en son invincibilité... en notre invincibilité... désormais, elle ne dupera plus personne... »

Le chiffre cinq est braillé au moment où Rowling sort du George café. Il est cueilli par Halley et ses hommes sans opposer de résistance.

Alex Benton demeure perplexe en examinant l'angle des deux poutres. Haussant les épaules en signe de résignation, le barman débarrasse le comptoir en marmonnant entre ses dents :

« Ce type est vraiment cinglé... il doit avoir une fameuse araignée dans le plafond... »

9.
L'AVEU DE DORIS

La nuit a été éprouvante pour Doris Cartwell dont les traits tirés, le teint livide et la mine déconfite en disent long sur l'interrogatoire serré auquel son époux, Greg Martins, l'a soumise. Un mari blessé, courroucé, d'avoir fait avouer son infidélité à sa jeune femme qui, aux petites heures du matin, a mis fin à son rôle « d'épouse adultère, poussée dans ses derniers retranchements », en révélant le nom de son amant : Tom Friscott ! Un ami d'enfance de Greg que cette nouvelle a ébranlé encore davantage.

Effondré, la tête enfouie dans les épaules, Martins grille cigarette sur cigarette en fixant, le regard éperdu, les dalles grises de la cuisine.

La délivrance de la faute avouée et la perspective d'une vie meilleure avec son amant, atténuent la vive tension que Doris a subie des heures durant. Appuyée contre le chambranle de la porte, elle observe un homme dont elle ne partage pas la peine. Un homme pour lequel elle éprouve plus de compassion que de sentiment. Et puis, Doris connaît l'orgueil de Greg. Elle le soupçonne, dès lors, d'être plus atteint dans son amour-propre que dans l'affection qu'il lui porte.

Il faut savoir que Greg Martins privilégie sa vie professionnelle. Ce jeune loup à l'ambition dévorante, cadre dans une grosse entreprise d'accessoires pour voitures, entrevoit une ascension rapide dans la boîte qui l'emploie. Adjoint principal d'un patron proche de la retraite, Martins brigue sa succession grâce à des atouts majeurs comme la jeunesse, l'enthousiasme et la haute compétence dans son travail. Occuper la fonction de directeur à moins de 35 ans, voilà un rêve qui risque de devenir bientôt une réalité.

La gagne guide Greg Martins dans son existence. Le jour même où il fit la connaissance de Doris, au cours d'une *party* organisée par… Tom Friscott le jour de ses vingt ans, Greg mit un point d'honneur à conquérir la jeune femme qu'il réussit à soustraire à la convoitise de Mel Jackson, golden boy à qui personne ne résistait. De méchantes langues rapportèrent que rien que pour remercier Doris de lui avoir offert une éclatante victoire sur ce bellâtre de Jackson, Greg condescendit à épouser la jeune femme quelque trois mois plus tard. Il y a presque quatre ans de cela.

Doris désira un enfant tout de suite, mais, Greg demanda de patienter. Il voulait d'abord grandir dans la boîte afin d'apporter le confort nécessaire à celui, il était persuadé que ce serait un fils, qui aurait l'insigne honneur de perpétuer son nom. En réalité, Martins n'avait pas envie de s'embarrasser d'une progéniture. Il ne se sentait pas taillé pour endosser le rôle de père. À force de remettre aux calendes grecques l'arrivée d'un héritier, Doris finirait bien par se lasser...

En fait, la jeune femme finit surtout par se lasser des obligations absorbantes du job de Greg, telles que les dîners d'affaires à répétition avec oublis de prévenir qu'ils se prolongeaient tard et explications oiseuses lors des retours au bercail, des séminaires sans coup de téléphone pour lui témoigner son amour et lui faire part de la cruauté de son absence, enfin, des questions coups de poignard lorsque Doris formulait des reproches sur son comportement :

« Ne penses-tu pas que tu exagères ?... Pourquoi crois-tu que je me démène comme cela ?... Qui sera la première à profiter de mon ascension ?... » Quand elle n'avait pas droit au silence glacial qu'accompagne un visage méprisant.

Alors, suivant le parcours classique de l'épouse délaissée, Doris, pour tromper solitude et tristesse, chercha le contact, la chaleur qui manquait dans sa vie. Sur les conseils d'une amie qui lui avait vanté les bienfaits de la gymnastique, elle s'inscrivit dans un club où elle fit la connaissance de Mark Fitzgerald, un grand rouquin qui sortait d'une déception amoureuse. Deux êtres qui allaient, à force de rencontres, tisser des liens, se découvrir des affinités, débouchant, finalement, sur la passion, celle où on arrive à ne plus pouvoir se passer l'un de l'autre.

Les négligences volontaires ; par exemple l'odeur de l'amour qu'on garde sur soi ou les petits cadeaux qui tombent du ciel, devaient amener à l'aveu de Doris, première étape d'une machination orchestrée par le couple adultère pour se débarrasser d'un mari devenu encombrant.

Une machination brutale, sans concession, qui n'hésitera pas à porter Tom Friscott, l'ami de toujours, sur l'autel du sacrifice.

Greg relève la tête. Doris lit dans les yeux de l'homme, cette volonté farouche lui dictant de reprendre le dessus parce que, en tout, il doit être le premier. Le regard de chien battu a cédé la place à celui du fauve prêt à mordre pour récupérer son « bien ». Il prend la parole d'une voix ferme :

« Je vais téléphoner à Tom et lui proposer un rendez-vous, prétexte à des retrouvailles… je… nous allons donner une leçon à ce minable… je n'ai, pour l'instant, qu'une vague idée... mais je t'assure qu'il va payer sa félonie ! »

Martins consulte le répertoire téléphonique puis forme le numéro calmement. Un calme qui cache, Doris le sait, une froide détermination. Il ne patiente guère avant d'obtenir son interlocuteur à l'autre bout du fil.

« Allô, Tom ?... sa voix est posée... ici, c'est Greg, que deviens-tu, vieux ? Ça fait un bail, non ? On parlait de toi, hier, avec Doris... ce serait chouette de se revoir, pas vrai ?... Que dirais-tu d'aller prendre un verre, ce soir, au *Friendly* ? C'est sur la route de Hope Town, tu ne peux pas le manquer, l'enseigne est immense... je pense qu'on a pas mal de choses à se raconter... vingt heures ?... Parfait, à ce soir, Tom... »

Greg raccroche et se tourne vers Doris avec ce sourire de carnassier qu'il arbore lorsque, parfois, il daigne lui faire part d'une bonne affaire qu'il a conclue.

Martins prévient ensuite sa direction qu'il arrivera plus tard aujourd'hui mais, en compensation, il fera des heures supplémentaires le lendemain. Après cela, il se fait couler un bain pour la détente tout en réfléchissant à la manière dont il lavera l'affront infligé par Tom Friscott. Doris se morfond à attendre le départ de Greg pour contacter Mark et l'assurer que tout se passe comme prévu.

Le soleil couchant propose une connotation romantique au paysage avec sa couleur rousse cernée de nuages sombres, poussés par le vent, porteurs d'une pluie fine. Les falaises de Fall Creeks, toutes proches, se découpent sur l'horizon en donnant l'illusion de toucher à l'infini. Curiosités touristiques durant l'été, les abords des falaises sont dangereux lors des hivers rigoureux qui s'abattent sur la région. À cette époque de l'année, des panneaux mettent en garde les téméraires ou les inconscients qui s'aventurent dans les parages. À cinq minutes se trouve Hope Town, une bourgade dont l'économie prospère est liée au voisinage des falaises que les touristes, affluant en masse, viennent contempler.

Martins, prudent, surveille la route rendue glissante par le léger crachin et les feuilles mortes qui jonchent le sol où elles forment un tapis mordoré.

Doris est assise à ses côtés, aussi raide et livide qu'un condamné qu'on traîne à la chaise électrique mais elle est déterminée. Déterminée à suivre à la lettre le plan conçu par Mark pour mettre un terme à tant d'années sacrifiées, à tant d'humiliations subies. Déterminée surtout à ouvrir les portes d'un bonheur si longtemps espéré… et tant pis pour le pauvre Tom qui ne mérite pas cela…

La jeune femme est consciente du danger couru dans un jeu dont elle ne contrôle pas toutes les données. Si elle connaît le plan de son amant, elle ignore tout du sort réservé à Friscott par son époux. Et si, par malheur, l'action de ce dernier venait à contrecarrer le scénario mis en place par Mark ? Qu'importe, l'amour transcende, il vient à bout de toutes les embûches. Un triste sourire éclaire son visage :

« Voilà une réflexion de midinette, pense-t-elle, à force de lire des romans à l'eau de rose… mais ils procurent le rêve, l'évasion… s'il pouvait lire dans mes pensées, sûr que Greg se paierait ma tête. Mais rira bien qui rira le dernier ! Il est temps d'en finir avec une situation qui me mine un peu plus chaque jour. »

Bientôt, l'enseigne clignotante du *Friendly* apparaît. Greg Martins effectue une manœuvre qui le conduit sur un vaste parking où seulement quatre voitures sont garées sur des emplacements délimités à la chaux.

Il est 19 heures 45, lorsque le couple Martins/Cartwell fait irruption dans l'établissement. Greg est à l'avance à son rendez-vous, une habitude…

… comme l'est celle de ce soiffard de James Finlay de faire le plein de carburant. Les soirées arrosées au *Friendly* de ce vieux sacripant, jamais moins de 25 bières, sont une véritable injure pour toutes celles et tous ceux qui font une chasse impitoyable aux bourrelets. Mais, par quel miracle cet ivrogne invétéré parvient-il à conserver sa taille haricot malgré les litres ingurgités ?

Notre homme ressent l'urgent désir de se soulager et de prendre l'air. En sortant du café, il croise Doris et Greg. Titubant, il bouscule ce dernier et se confond en excuses brouillonnes sous les moqueries lancées par les rares clients du *Friendly*. Un incident qui agace Martins sans le démonter toutefois. Doris et lui prennent place à une table du fond d'où ils appellent le serveur. Tom Friscott ne devrait plus tarder.

Son besoin pressant accompli, James Finlay n'a pas envie de réintégrer le bistrot tout de suite, il se laisse choir sur ce banc archaïque qui a toujours échappé à une opération d'esthétisme paysager qui ne serait pas superflue. Le patron du *Friendly* ne s'est jamais donné la peine de statuer, une fois pour toutes, sur le sort de cette chose d'une autre époque, vermoulue, bancale, bien arrimée au sol, se trouvant en retrait du parking, protégée du cercle de lumière diffusé par l'enseigne et le néon de la porte d'entrée, de concert.

Finlay est secoué par le hoquet. D'où il se trouve, il jouit d'une vue parfaite sur l'aire de stationnement sans que l'on puisse deviner sa présence. Cette constatation à peine faite, l'attention de Finlay est attirée par l'arrivée d'une voiture qui se gare. Un homme élégant en sort. Au moment où il ferme la portière, un géant roux à la carrure de sportif surgit d'un fourré et l'accoste. Le vieux James, que l'air froid a un peu requinqué, pressent qu'il va se passer quelque chose. Son intuition ne le trompe pas.

Après un court échange verbal, le sportif laisse son interlocuteur prendre un peu de champ avant de le rattraper pour lui asséner, à l'aide d'une matraque, un violent coup à la base du crâne. L'homme élégant s'écroule aussitôt.

Le rouquin jette un œil à la ronde pour s'assurer que personne n'a assisté à la scène. Finlay se recroqueville, la main sur la bouche mais, c'est inutile, son hoquet est passé.

Le géant roux traîne à présent sa victime sur plusieurs mètres avant de l'immobiliser à l'arrière d'une voiture dont il ouvre le coffre pour y balancer le corps pantelant.

Martins s'impatiente en griffonnant nerveusement sur un carton de bière : Tom Friscott a l'outrecuidance de ne pas être à l'heure. C'est un crime de lèse-majesté ! Doris juge le moment opportun pour déclencher l'offensive :

« Je suis désolée, Greg, mais Tom et moi avons l'intention de vivre ensemble et personne… pas même toi, ne pourra contrarier notre projet. Je ne t'aime plus, Greg… »

La jeune femme a haussé la voix, comme si elle désirait être entendue des clients de l'établissement. Elle poursuit sur la même tonalité :

« … Cet après-midi, durant ton absence, j'ai téléphoné à Tom Friscott. Je lui ai dit que tu étais au courant de notre liaison et que de ce fait, il était préférable qu'il nous rejoigne à la maison pour que nous ayons une discussion franche tous les trois… à l'heure qu'il est, il doit nous y attendre… »

Greg laisse exploser sa colère :

« Qu'est-ce que c'est que ce cirque ? Tu aurais pu me prévenir, non ? Je ne sais pas ce que vous manigancez tous les deux, mais ce que je sais, c'est que vous jouez un jeu dangereux, très dangereux. J'aime autant te prévenir que je ne me laisserai pas faire ! »

Furieux, il se lève pour gagner la sortie, Doris sur ses talons. Les clients, gênés, se tiennent cois. Le patron du *Friendly* et le serveur s'interrogent du regard.

La première partie du plan de Mark fonctionne sans anicroche.

James Finlay entend claquer la porte de l'établissement et reconnaît le couple croisé tout à l'heure, en proie à une vive discussion.

La femme, boudeuse, traîne les pieds provoquant ainsi davantage l'irritation de son compagnon qui l'invite à accélérer le rythme. Au moment où ils atteignent leur voiture, le géant roux surgit à nouveau comme un diable sortant d'une boîte. D'un solide uppercut, il envoie dinguer le type fâché sur la portière du véhicule que le malheureux heurte de la tête avant de s'écrouler face contre terre.

Finlay assiste ensuite à une seconde mise en coffre.

Complices, le rouquin et la femme s'installent chacun aux commandes d'une voiture puis disparaissent dans la nuit avec leurs curieux chargements.

James Finlay est complètement dégrisé et réintègre le *Friendly* pour se remettre de ses émotions.

Mark Fitzgerald, le géant roux, aligne les corps de Greg et de Tom dans le grand salon.

« Tu es toujours décidée ? » demande-t-il d'une voix douce à Doris, tout en tenant à l'œil Martins et Friscott, prêt à intervenir si l'un d'eux reprenait connaissance.

« Oui… qu'on en finisse, Mark… je t'aime plus que tout au monde et… »

Les derniers remords de la jeune femme se sont évanouis au souvenir de la cruauté de Greg dont elle était la cible privilégiée. Elle s'écroule en larmes, ce qui décuple la volonté du rouquin d'en finir. Il l'étreint et lui murmure à l'oreille :

« … Attends-moi dans la pièce d'à côté. »

Deux coups de feu claquent, secs comme des coups de fouet, dans le soir ; pas de quoi en troubler la quiétude. Mark place ensuite le revolver dans la main droite de Greg avant d'entreprendre de bousculer et de renverser plusieurs meubles pour faire croire qu'avant leur mort, Martins et Friscott s'étaient livrés un duel sans merci.

Quand il en a terminé avec sa mise en scène, Doris le rejoint. Les amants échangent alors un long baiser, indifférents au désordre et à l'odeur de poudre qui règnent dans la pièce.

L'inspecteur Eddie Simpson reste muet devant le chagrin de Doris. Il respecte la douleur d'une femme qui perd, à la fois, mari et amant.

La déposition de la jeune femme enregistrée, le policier lui tend une carte avec un numéro de téléphone où elle pourra le joindre en cas de nécessité.

Pour l'inspecteur Simpson, l'enquête est quasi bouclée. Le récit de Doris Cartwell est limpide : le rendez-vous manqué mais remarqué au *Friendly*, le retour à la maison dans la grogne, la dispute violente qui dégénère entre les deux hommes, Greg s'emparant de son revolver et tirant sur Tom qui, blessé à mort, se jette sur son adversaire pour retourner l'arme contre lui et faire feu à son tour.

Une rixe se terminant tragiquement entre deux hommes amoureux de la même femme, voilà une pièce mille fois interprétée.

Le lendemain après-midi, alors que le policier se prépare à consulter le dossier d'une autre affaire, son adjoint, Peter Brown, l'avertit d'une visite impromptue.

« Excuse-moi de te déranger, Eddie, mais il y a une dame qui désire te parler. C'est au sujet de l'affaire Martins/Friscott. Veux-tu la recevoir ?

— Bien sûr, Peter » fait Simpson, intrigué.

La visiteuse, une belle grande blonde à l'élégance raffinée, pénètre dans le bureau où une odeur acre de cigare empeste l'atmosphère.

L'inspecteur l'invite à s'asseoir non sans l'avoir aidée au préalable à se défaire d'un impressionnant manteau de fourrure.

« Inspecteur Simpson, je m'appelle Sonia Hartman, j'ai des doutes au sujet des conclusions de la mort de mon ami, Tom Friscott…

— Je vous écoute, Madame Hartman…

— Mademoiselle Hartman, reprend-t-elle doucement, j'ai lu dans la presse ce matin, que sa disparition est la conséquence d'une querelle entre mari et amant…

— C'est exact… Mademoiselle Hartman. C'est la conclusion qui se dégage de l'enquête. Avant de clôturer le dossier, il me reste à faire une visite de routine au *Friendly*…je dis bien une visite de routine, car pour moi… »

« Hier matin, interrompt-elle, l'éclat de ses yeux bleus, si triste à son arrivée, se durcit, Greg Martins a appelé Tom de chez lui pour lui fixer un rendez-vous. Mon ami se réjouissait à l'idée de revoir un vieux copain qu'il n'avait plus vu depuis longtemps. Mais, dans l'après-midi, nouveau coup de téléphone de Greg, de son lieu de travail cette fois. Un coup de téléphone beaucoup moins agréable. Consterné par la teneur des propos, Tom mit le haut-parleur afin que je puisse prendre connaissance de l'incroyable accusation dont il faisait l'objet. Doris, soupçonnée d'infidélité et harcelée de questions durant une bonne partie de la nuit, avait fini par craquer et désigner Tom comme étant son amant. Pourquoi ? Parce que ce nom lui était venu à l'esprit... souvenir d'un ancien flirt... et puis, surtout, parce qu'elle voulait protéger l'identité de son véritable amant... c'est ce qu'en conclurent Greg et Tom dont l'entretien, au bout d'une heure, avait pris une tournure complice au point qu'ils émirent l'idée de concocter une riposte... »

Le policier écoute en mâchouillant un cigare bon marché. Il ne peut s'empêcher de contempler le dessin trop parfait de ce visage ovale aux traits réguliers. Une observation gênante quelque peu atténuée par les volutes de fumée qu'il envoie danser dans d'incroyables contorsions jusqu'au plafond jauni de son bureau.

Sonia conclut son récit:

« Voilà, inspecteur, vous comprenez à présent la raison pour laquelle j'émets de sérieuses réserves à propos de ce qu'on raconte au sujet de ce double meurtre.

— Je vous remercie de votre précieuse collaboration, Mademoiselle Hartman. Veuillez gagner le bureau d'à côté afin que Peter, mon adjoint, puisse prendre note de votre déposition. »

Eddie Simpson gare sa voiture sur le parking du *Friendly*. Il relève le col de son imper plus par habitude que pour se protéger du froid, car il fait plutôt doux pour la saison. Le policier n'attend pas grand-chose de cette visite même si le témoignage de Sonia Hartman l'a rendu perplexe vis-à-vis d'une enquête, peut-être, trop vite classée. Il est vrai que la version au scénario éculé de Doris Cartwell, basée sur le triangle « femme, mari, amant », tient bien la route. Et si l'amie de Tom Friscott disait vrai ? Ouais, encore faut-il découvrir l'existence de ce soi-disant véritable amant de Doris. Or, rien n'est moins sûr. Ce qui l'est, par contre, c'est qu'une des deux filles ment. Est-ce parce que la personnalité de Sonia l'a troublé ? Toujours est-il que l'inspecteur pencherait plutôt en sa faveur au détriment de Doris. Il a du mal à imaginer qu'une telle femme puisse raconter n'importe quoi pour se venger bassement de celle qui aurait été la maîtresse de son compagnon.

Accompagné de ses doutes, Eddie Simpson pénètre dans l'établissement où deux clients sont accoudés au comptoir. Leur discussion est animée. Le plus jeune tente de convaincre l'autre que la chasse n'est pas un sport mais un reste de barbarie de nos lointains ancêtres.

L'inspecteur choisit une table près de la porte d'entrée et commande un café avant de solliciter, sa carte de policier à l'appui, un entretien avec le patron du bar. Ce dernier, au visage rond comme une pastèque, baraqué comme un catcheur, le rejoint à une table.

« Frank Malone… que me voulez-vous ?

— Inspecteur Simpson, de la criminelle. J'ai quelques questions à poser au sujet d'un couple qui est venu ici, hier… »

L'autre se gratte le bout du menton en prenant un air inspiré.

« Vous savez des couples, ici, c'est pas ça qui manque… surtout illégitimes. Ah ! Ah ! Ah ! L'endroit s'y prête, non ?

— Probablement… mais celui qui m'intéresse a dû se pointer un peu avant 20 heures et est parti en se querellant. Une dispute qui semblerait ne pas être passée inaperçue…

— O. K., je vois… même qu'après leur sortie du *Friendly*, le vieux Finlay m'a affirmé avoir vu des choses bizarres sur le parking…

— Le vieux Finlay ?

— Oui, un bon client. Il vient tous les jours. Ah, celui-là, tenez, il y a un mois…

— Qu'a t-il vu ? » Simpson est quelqu'un de pragmatique. Il aime aller à l'essentiel et supporte mal les diversions inutiles qui font perdre un temps précieux.

« Oh… il a parlé d'un géant roux qui assommait des gens sur le parking pour les enfermer dans les coffres des voitures… un prétexte pour noyer son émotion dans la bière.

— Et personne n'est allé vérifier la véracité de ses propos ?

— Vous savez, s'il fallait prendre pour argent comptant les élucubrations de ce vieux fou…

— N'empêche que ce n'est tout de même pas banal… » L'inspecteur s'indigne de cette absence de réaction, la jugeant bien légère.

« Sachez, commissaire…

— Inspecteur…

— … Inspecteur… que rien de ce que raconte Finlay n'est banal. Il vous ferait croire que des Vénusiens ont atterri dans son jardin. Y a pas plus grand conteur de bobards. Ah, je reconnais que si on ne connaissait pas l'oiseau, on se laisserait prendre, il sait être si convaincant.

— Ouais, fait Simpson amer, c'est l'homme qui hurle aux loups.

— Des loups ? Pourquoi des loups ?

— Je vous expliquerai plus tard... au fait, pourquoi Finlay n'a-t-il pas réagi en voyant cela et comment donc, ce géant roux ne l'a-t-il pas remarqué? Je suppose que s'il avait fait preuve de bravoure ou si l'autre l'avait interpellé, Finlay ne se serait pas privé de le dire...

— Finlay est un ivrogne mais il n'en est pas stupide pour autant. Il a vite compris que le rapport de forces avec le rouquin serait inégal. Une telle évidence alliée à la peur qui le tenaillait... valait mieux se tenir à carreaux et rester à l'écart des regards indiscrets sur son poste d'observation, c'est-à-dire sur ce vieux banc que je ne me suis toujours pas résigné à faire enlever.

— Où pourrais-je le trouver ?

— Le banc ?

— Mais non, Finlay...

— Ah ! Ah ! Ah ! Veuillez m'excuser... il habite dans une petite bicoque, juste après le carrefour, à l'entrée de Hope Town. Vous trouverez facilement, ses rideaux sont les plus sales de la rue… »

Leur conversation est subitement interrompue par l'arrivée d'un client fort agité qui demande à parler d'urgence au patron. Dans sa précipitation, l'homme n'a pas remarqué que celui-ci est attablé avec Simpson.

Frank Malone l'interpelle :

« Holà, John, que se passe-t-il ? Je suis ici… tu m'as l'air bien excité… »

Le prénommé John, blanc comme un linge, se plante, tout émotionné, devant la table des deux hommes :

« James… James Finlay…

— Ben quoi, James Finlay… nous parlions précisément de lui avec l'inspecteur » s'impatiente Malone en désignant Simpson du menton.

« Il a été trouvé… mort… dans son lit… une crise cardiaque ! »

Le patron du *Friendly* et l'inspecteur se regardent, atterrés. On leur aurait annoncé le déclenchement d'une troisième guerre mondiale qu'ils n'auraient pas été plus secoués.

Simpson comprend qu'un témoin capital de cette affaire vient de disparaître. Une disparition qui rend cette enquête plus difficile qu'il ne l'avait estimée.

Dès son retour au bureau, l'inspecteur ordonnera à Peter de faire un recensement de tous les grands rouquins de Hope Town et des environs. Un grand rouquin qui semble être la cause directe ou indirecte de beaucoup de malheurs.

Avant de quitter l'endroit, le policier demande encore à Malone :

« Hormis la dispute du couple… n'auriez-vous rien remarqué de particulier à un moment donné ? Des tas d'enquêtes ont abouti grâce à la révélation d'un détail, parfois infime…

— Non… sauf… que le type du couple dont vous faites allusion, n'arrêtait pas de griffonner sur un carton de bière…

— Assez anodin, rien d'autre ?

— Non, mais minute, ce qui n'était pas anodin, c'est qu'il le faisait de la main gauche !

— Un gaucher, relève l'inspecteur, vous en êtes certain ?

— Oh que oui… je l'ai d'ailleurs fait remarquer au serveur. Je pense que s'il avait utilisé la main droite, je n'y aurais prêté aucune attention… ça doit être à cause de ce qu'on raconte sur les gauchers… qu'ils…

— Merci pour ce renseignement…

— … Malheureusement, j'ai jeté le carton…

— Aucune importance. »

Simpson règle son café et prend congé du patron du *Friendly*.

Le téléphone de Doris Cartwell sonne plusieurs fois avant que la jeune femme ne décroche.

« Allô ? Madame Cartwell ?

— Oui ?…

— Inspecteur Simpson à l'appareil. Dans la perspective de conclure votre dossier, il me reste un ou deux détails à peaufiner et, notamment, celui-ci : votre mari était-il gaucher ?

— Oui, inspecteur, mais pourquoi cette question ?

— Parce que, lors de la découverte du corps, le revolver était calé dans sa main droite ! Auriez-vous l'amabilité de passer me voir pour donner quelques éclaircissements à ce sujet ? Je vous attends, à tout de suite, Madame Cartwell… »

10.
LE SOSIE DE JIM BARTLETT

La demeure de Mike Richmond ne correspond pas à l'idée que l'on se fait de l'habitation d'un producteur de films. La haie qui la protège des curieux ne cache pas de tape à l'œil du genre baie vitrée donnant sur un vaste perron rempli de transats avec mini bar garni de cocktails exotiques flanqué d'une piscine à l'eau toujours renouvelée. Même la pelouse, restreinte de deux ares, joue la carte de la sobriété.

À l'intérieur, les murs ne supportent ni cadres, ni tableaux. Bref, une absence de signes extérieurs de richesse qui brouille les pistes vis-à-vis des requins du fisc... ou alors, Mike Richmond a été victime d'un sérieux redressement fiscal qui ne lui aurait laissé que cette imposante bibliothèque de style, occupant tout un pan de mur dans son bureau. Ses portes vitrées laissent découvrir, bien alignés, des bouquins de Droit, de comptabilité, côtoyant des filmographies d'acteurs et de réalisateurs.

Richmond a l'habitude d'installer ses invités dans un fauteuil trop bas. Un truc qui lui donne un ascendant sur son interlocuteur qu'il peut ainsi intimider du haut de sa chaise réglable. Une précaution qui prête à rire tant son physique en impose par lui-même : 1m 90 sous la toise, une carrure de débardeur et un crâne rasé servant à masquer une déplaisante calvitie. Ses lèvres épaisses, roulant sans cesse des cigarillos à bon marché, son nez courbé, ses yeux globuleux, toujours mi-clos, concourent à lui faire une tête de tortue géante des îles Galapagos.

Mike Richmond a déjà produit bon nombre de films. Un business illicite requérant, bien entendu, une discrétion absolue, lui permet d'aborder une clientèle fortunée recherchant des sensations inédites. Pour elle, Mike ne recule devant aucun sacrifice, se faisant seconder par Hugh Jones, un homme de main rusé et efficace.

Hugh a toujours traîné ses grègues dans le milieu du septième art. Sans posséder de qualification particulière, l'homme est un touche-à-tout, aussi à l'aise derrière que devant la caméra. Un jour, Mike le remarque. Le courant passe entre les deux hommes et débouche sur une amitié telle que le producteur use du piston pour que Jones figure au générique de quelques films. Des rôles utilitaires à temps limité mais, si on colle les prestations bout à bout, cela représente déjà quelques heures de présence sur pellicule. Le dernier en date, un polar, met Jones aux prises avec Jim Bartlett, le super héros d'Hollywood.

Un bourreau des cœurs dont les apparitions rendent les filles hystériques.

Au début du film, Bartlett, dans le rôle d'un flic, se trouve coincé au fond d'une impasse par trois malfrats dont Hugh fait partie. Une bagarre s'ensuit. Dans le feu de l'action, la star y va de tout son cœur et cueille Jones au menton d'une solide *droite*. En tombant, la tête du malheureux percute durement le sol.

Il s'en tire avec une commotion cérébrale et garde une certaine rancune à l'égard de Bartlett qui n'a jamais daigné s'excuser ou prendre de ses nouvelles.

Or, ce matin-là, Hugh Jones est fort agité lorsqu'il débarque chez Mike Richmond. Une excitation étroitement liée à leur coupable et obscure activité.

« Hello, boss, je crois que vous ne serez pas déçu par ma découverte… la copie conforme de ce fils de pute de Bartlett ! Il lui ressemble comme deux gouttes d'eau. Je vais lui faire payer…

— Du calme, du calme… vous me paraissez bien énervé, Mister Jones. Vous prendrez bien quelque chose… Whisky, Bourbon, Cognac ? Cela apporte une indéniable chaleur à un entretien.

— Whisky !

— Avec ou sans glaçon ?...

— Sec ! »

Richmond remplit le verre aux trois quarts. Jones comprend que l'entrevue sera des plus cordiales. C'est dire la confiance que lui témoigne le boss.

Le producteur allume un cigarillo, se croise les doigts, et cède la parole à son interlocuteur :

« Allez-y, Hugh, j'espère que vous m'apportez du concret...

— Bien sûr, boss... le gars s'appelle Brad Williams, c'est le sosie parfait de Jim Bartlett ! On s'y tromperait. Il est client du *Great Market* où il fait ses provisions aux heures d'affluence afin d'évaluer l'effet qu'il produit sur les nénettes...

— C'est-à-dire ?

— Pendant qu'il remplit son caddie, il porte casquette et verres fumés. À la caisse, il enlève ses artifices... la réaction est immédiate ; les gonzesses arrivent de partout pour le toucher, l'embrasser, faire signer des autographes, bref, le délire, quoi ! Le service d'ordre de la boutique est obligé d'intervenir pour le tirer des pattes de ces furies...

— À ce point-là ?...

— Pouvez pas imaginer, boss...

— Je suppose que vous avez pris contact avec notre homme…

— Ah, çà, j'ai pas traîné… hier matin… je l'attendais derrière une porte dérobée où les gardiens l'avaient planqué. Je lui ai proposé d'aller casser la croûte *chez Luigi*. À ce propos j'ai amené le ticket de caisse pour que vous me remboursiez, comme d'hab. »

Jones extrait le document froissé de sa poche revolver. Il le tend au producteur qui le détaille.

« Je constate que vous n'avez pas lésiné sur le vin et les pousse-café…

— Ben, show-biz oblige, boss… croyez-moi, je lui en ai mis plein la vue…

— … et le gosier… ajoute ironiquement Richmond. Je vous réglerai cela tout à l'heure. Poursuivez…

— … Dès qu'on est entré dans le resto, le serveur a reconnu tout de suite l'acteur. Fallait voir les courbettes et les *signore* Bartlett qu'il envoyait tous azimuts… le type savait pas quoi faire pour être agréable. Williams/Bartlett a joué le jeu à fond la caisse. Il se prend vraiment au sérieux, surtout quand il s'est montré d'une exigence excessive dans le choix des vins. Et vas-y que celui-ci n'est pas assez chambré, et vas-y que celui-là est bouchonné. Le pauvre garçon encaissait sans rien dire. Les stars, ça en jette. Après notre départ, le gars devait frôler la déprime, tout prêt à rendre son tablier. Je pense pas qu'il ira voir un film avec Bartlett de sitôt…

— Intéressant… ensuite ?

— Minute, boss… » Jones vide son verre et le dépose bruyamment sur le bureau. Pas besoin de relais vocal pour faire comprendre au producteur qu'il en désire un second. L'autre obtempère, impatient d'entendre ce qui va suivre. Hugh Jones reprend son récit :

« Je dis à Williams que c'est la providence qui l'a mis sur mon chemin. De plus, non content d'être la copie conforme de Bartlett, il possède aussi un talent de comédien pour lequel je le félicite. Je vois le type qui devient fier. Je lui propose de tourner dans un film et là, il devient fou !

— Un vrai tocard…

— Ouais… il s'inquiète tout de même de la réaction que pourrait avoir Jim Bartlett…

— Gênant… mais, je sais que vous n'êtes pas en panne d'imagination… alors ?

— J'ai commencé par raconter une histoire abracadabrante que, seul, un tocard peut gober, écoutez ça : les jours de l'acteur sont comptés. Or, avant d'apprendre qu'il était atteint d'un cancer, Bartlett avait signé un contrat pour tourner un film. La maladie a gagné du terrain à un point tel qu'il aurait été indécent de jeter sa déchéance physique en pâture au public. Il n'est plus présentable. Comme des fonds ont déjà été débloqués, faut trouver une solution d'urgence. La providence le met, lui, Brad Williams sur notre route... »

Jones s'arrête pour mieux savourer l'effet produit par son stratagème auprès du boss. Il lampe le second Whisky d'un trait pour faire comprendre, qu'à force de parler, il risque la déshydratation. Richmond semble satisfait. Un léger rictus anime son visage d'ordinaire peu expressif. Il rallume ensuite un cigarillo avant de remplir généreusement le verre de son précieux acolyte. Hugh poursuit :

« ... Je l'ai alors rassuré en disant que Bartlett était d'accord pour la supercherie à condition que rien ne transpire. Question de dignité. Enfin, j'ai ajouté qu'après la disparition de Bartlett... il pourrait peut-être poursuivre l'imposture, mais ça, c'était pas sûr à 100 %, conclut Jones, rigolard.

— Là, vous anticipez, mon cher, car je prédis à ce Williams/Bartlett, une carrière plutôt courte mais... fulgurante malgré tout, s'écrie Richmond emporté par un enthousiasme inhabituel.

— Mon cher Hugh, poursuit-il, n'avez-vous jamais pensé à écrire un scénario ? Je suis certain que vous n'auriez aucune difficulté à trouver un producteur. Les deux hommes se regardent avant de pouffer de rire.

— À propos, s'inquiète Mike reprenant une mine grave, ce Brad Williams, a-t-il des attaches ?

— Vous voulez savoir s'il est marié ou fiancé ?... Je vous rassure tout de suite, notre homme est célibataire. Avec le physique qu'il se paye, il aurait tort de s'enchaîner... ça, au moins, il l'a pigé !

— Jones ! Ce qui me séduit le plus chez vous, c'est votre cynisme. Je suppose que vous lui avez fait signer un préaccord... si d'aventure, il se ravisait... »

Hugh Jones, excité au plus haut point par l'idée d'une revanche par procuration au tarif surmultiplié, a pensé à tout. Il tend un document, comportant différentes signatures au bas d'un texte dactylographié, que Richmond lit et relit comme s'il l'apprenait par cœur.

« Parfait, nous le tenons. C'est le genre de document qui impressionne ce type de débile.

— Au fait, on commence quand ?

— Disons... dans deux jours. Je préfère ne prendre aucun risque... vous connaissez le proverbe français : il faut battre le fer tant qu'il est chaud. Je vais avertir Williams, de votre côté, veillez à ce que tout soit prêt le jour venu, tant en hommes qu'en matériel...

— O.K.... à propos, c'est toujours du 25 % ?

— ... Où allez-vous chercher cela ?... C'est 10 %, comme d'habitude. Ne perdez pas de vue que je dois payer les techniciens... »

Le lieu de tournage est sinistre : un hangar désaffecté situé en dehors de la ville, en plein bled, à quelques kilomètres de l'embranchement de deux autoroutes. Planté au milieu d'un terrain vague, on accède à cet entrepôt minable par un chemin de terre envahi de caillasse et de nids de poule. Une vraie partie de plaisir pour les amortisseurs. L'endroit est désert. Ici, vous pouvez crier, personne ne vous entend.

Brad Williams est à l'heure, il attend. Les ultimes réglages ont été effectués. Richmond grille cigarillos sur cigarillos pour calmer sa nervosité. Il a promis à son client, un magnat du pétrole, qu'il serait en possession du film avec « Jim Bartlett », dès ce soir.

Le richissime homme d'affaires a délégué, sur place, un de ses sbires pour ramener la pellicule. Une rapidité d'exécution, alliée à la recherche du travail soigné, permet à Richmond de rester le meilleur sur le marché clandestin. L'argent, ainsi gagné, est blanchi dans la production d'énormes machineries commerciales qui lui assurent une couverture sociale mais, lui interdisent de décorer les murs de son salon…

De son portable, Hugh Jones avertit Richmond qu'il vient de cueillir l'émissaire à l'aéroport. Il prie le producteur de ne pas commencer avant son retour.

Car, les cris et les hurlements de ces pseudos acteurs, il y a longtemps qu'il ne les entend plus, mais, par contre, il ne se lasse pas de lire, dans leur regard, l'effroi lorsqu'ils comprennent qu'ils sont les héros malgré eux d'un… *snuff movie…*

11.
SUSPICION
LÉGITIME

La fenêtre du bureau est grande ouverte et offre une vue splendide sur une ville aérée par de nombreux espaces verts, enveloppée aujourd'hui, par les brumes d'une chaleur suffocante. Une véritable chape de plomb s'abat sur la région.

Des cohortes de mouches envahissent la pièce, harcelantes, importunes, se posant sur tout, si bien que certaines d'entre elles s'écrasent sur l'hélice d'un ventilateur poussé à la vitesse maximale. Accroché au plafond, l'appareil distille un peu de fraîcheur, mais pas assez pour neutraliser la lourdeur ambiante.

« Foutues bestioles, maugrée Jeff Murray, qui peut me dire à quoi elles servent ? »

Jeff s'éponge le front à l'aide d'un mouchoir. L'atmosphère pesante alliée au travail de précision qu'il accomplit l'ont obligé à tomber la veste, à desserrer son nœud de cravate et à retrousser les manches d'une chemise qui laisse entrevoir deux grandes auréoles à l'endroit des aisselles.

La compagnie investit une somme colossale dans la réalisation de ce site. Les travaux commencent bientôt et il n'est pas question d'invoquer la moindre excuse pour d'éventuels retards. D'ailleurs, des amendes sont prévues. Murray s'est engagé auprès de Lonnegan, le grand patron, à remettre un plan terminé pour le 10 du mois et, le 10, c'est demain !

Il ne reste que deux ou trois détails à régler et cela, sous cette maudite canicule qui accable tout le monde.

Jeff est content de voir le bout du tunnel. Il n'aime pas travailler dans l'urgence mais il y est contraint, empêché par une méchante grippe qui l'a cloué au lit pendant une semaine. Sept jours à ruminer, à ronchonner, contre ce fichu contretemps.

11 heures, le téléphone sonne.

« C'est toi, Jeff ?

— Oui… Martha, que veux-tu ?

— Rien, j'avais envie de t'entendre, de prendre de tes nouvelles.

— Sans plus ?

— Oui, sans plus, ça t'étonne ?

— … Non… alors, sache que je vais bien, je te remercie… je suis un peu à cran, j'espère avoir terminé pour demain…

— Je suis certaine que tu y arriveras. Tu es le meilleur !

— Si tu le dis…

— Bon, je ne vais pas te retenir davantage ; à ce soir… je t'embrasse. Au fait, que désires-tu pour dîner ?

— Fais à ta guise… »

Murray raccroche le combiné, la mine soucieuse. Par ce coup de fil d'apparence anodine, Martha le fait replonger dans un passé douloureux.

Il y a un peu plus d'an, Madame Murray fricotait avec ce vieux beau de Matt Ramsey qui éprouvait le besoin constant de tester son pouvoir de séduction auprès de la gent féminine. À l'époque, Martha travaillait à mi-temps dans une boutique de prêt-à-porter. Matt l'avait embobinée sur les lieux de son travail.

Ce Don Juan sur le retour employait, pour draguer, une recette banale mais fructueuse : une pincée d'humour, beaucoup d'écoute, des invitations au restaurant et une partie de jambes en l'air pour faciliter la digestion. Plus efficace que n'importe quelle salade à faire avaler. Et à propos de salades, Martha en connaissait un rayon.

Avant chaque séance sacrificatoire extra conjugale, elle téléphonait à Jeff pour s'assurer que ce dernier était bien au boulot. Ensuite, elle ne manquait pas de certifier son amour et demandait ce qu'il désirait pour dîner. Elle avouera plus tard qu'en agissant ainsi, elle se donnait bonne conscience en se préoccupant de son rôle d'épouse et cela, malgré les circonstances. La psychologie féminine est parfois déroutante...

Quand Jeff découvrit le pot aux roses par le biais d'un mot doux griffonné sur un bout de papier perdu malencontreusement sous un siège de la voiture, il se fortifia dans l'idée qu'il était impensable qu'une femme comme la sienne pût le tromper.

Puis, de plus en plus taraudé par le désir de connaître la vérité quitte à en crever, il loua les services d'un détective ; un certain Théodore Chapman, petit bonhomme rondouillard à l'éternel feutre mis de guingois et au cigarillo bon marché mordillé en permanence au coin de ses lèvres charnues. Un physique ordinaire, passe-partout, contrastant avec une suffisance agaçante.

Chapman abattit l'ultime cloison qui protégeait Jeff d'une vérité assassine en refilant l'adresse du petit nid d'amour, l'hôtel Atlanta, où les deux tourtereaux batifolaient, et, pour faire bonne mesure, il ajouta quelques photos prises à la sauvette lorsque les amants pénétraient dans le lieu de leurs ébats.

Les preuves étaient là, irréfutables, et faisaient beaucoup plus mal que les émoluments astronomiques d'un privé conscient de l'importance de son rôle.

Au cours d'une de ces journées de noire déprime, Murray se rendit à l'hôtel Atlanta, refuge pour couples illégitimes, en prenant soin de se munir d'une paire de Ray ban, d'un long trench-coat gris et d'un chapeau mou qui lui donnaient une allure de flic de polar des années 50. Il se protégeait ainsi du regard d'autrui. Un regard plein d'apitoiements ou de moquerie, car, bien entendu, une telle infortune ne pouvait passer inaperçue. Elle s'inscrivait en tout grand sur lui-même.

Quel besoin pervers l'entraînait-il là-bas ? Pourquoi ce désir cruel et stupide de se faire souffrir ? Parce qu'il pensait naïvement que le fait de se trouver sur place démystifierait l'endroit et minimiserait donc la faute. Sa souffrance, son chagrin, s'en trouveraient ainsi atténués... et puis, enfin, qui sait, même s'il y avait peu de chance que ce soit le cas... pourquoi n'y aurait-il pas erreur, confusion ?

Alors, Jeff, porté par cet espoir ténu, mourait d'envie d'exhiber une photo de Martha sous le nez du patron, avachi derrière le comptoir de cet hôtel miteux et de s'entendre dire qu'elle était inconnue au bataillon, qu'on ne l'avait jamais vue ici. Murray n'en fit rien cependant, craignant des révélations qui pourraient le blesser davantage... car, enfin, il y avait les preuves suffisamment éloquentes apportées par Chapman...

Cela faisait un sacré moment qu'il jouait les potiches dans le hall de l'hôtel, aussi finit-il par attirer l'attention du patron. Celui-ci s'enquit de lui demander ce qu'il voulait, s'il cherchait ou attendait quelqu'un. Jeff émit un grognement et quitta le lieu sous le regard décontenancé de l'autre.

En s'éloignant, notre homme, dépité, se retourna à différentes reprises sur la façade de ce gourbi qui ne payait pas de mine. Des châssis en bois vermoulu implorant un coup de pinceau revigorant et une façade qui s'écaillait comme un vernis à ongles. C'était à se demander ce que le responsable de ce lupanar fabriquait avec le fruit de ses tarifs prohibitifs. Cinquante dollars la chambre ! Quelle arnaque ! Une forte tentation de casser la gueule à ce complice de toutes les bassesses chatouillait les phalanges de Murray.

Après cette visite, les événements se précipitèrent. Confondue par le bout de papier et les photos du détective, Martha, qui aimait toujours Jeff, vint à résipiscence. Elle le prouva par un empressement excessif mais sincère, ce qui aida leur vie commune à reprendre des couleurs et une force que plus rien, semblait-il, ne pouvait désormais ébranler...

... et voilà qu'aujourd'hui, ce coup de fil plonge à nouveau Murray dans les eaux nauséeuses de la suspicion. La plaie, contrairement aux apparences, n'était pas totalement cicatrisée.

« Martha se rendait-elle compte qu'une nouvelle trahison sonnerait le glas de leur couple ? Je l'avais prévenue cependant... »

Murray décide de reprendre contact avec Chapman et cherche, dans le désordre d'un tiroir, le vieux calepin en simili cuir où sont inscrites les coordonnées du privé.

« Monsieur Théodore Chapman ?... Jeff Murray à l'appareil, je ne sais pas si...

— ... je me souviens de vous ? Ah ! Ah ! Ah !... Bien sûr, je n'oublie pas mes bons clients... l'hôtel Atlanta... Matt Ramsey... je vous écoute, Monsieur Murray...

— J'aimerais vous rencontrer le plus vite possible.

— Pas de problème, Monsieur Murray. Cet après-midi, cela vous convient-il ?

— Entendu.

— Je vous attends à 15 heures précises. Soyez à l'heure, j'ai un emploi du temps chargé.

Munissez-vous d'argent liquide, je préfère. Vous connaissez mes prix, ils n'ont pas été soumis à révision. À tout de suite, Monsieur Murray… »

Théodore Chapman perche sous le toit d'un immeuble modeste dans une rue à sens unique, située dans le quartier Ouest de la ville. Un quartier à forte concentration d'immigrés où des relents de cuisines exotiques mélangés exhalent des senteurs particulières, accrues par la chaleur moite. Des gosses jouent au ballon sur des trottoirs aux pavés inégaux. La route, destinée à la circulation locale, est couturée de fondrières. Du linge est suspendu par des épingles sur des fils fixés aux murs de minuscules terrasses au crépi craquelé. Dans cette artère aux habitations disparates, la lumière et l'ombre jouent à cache-cache, s'adjugeant la prépondérance tantôt sur une façade, tantôt sur un recoin.

Pour atteindre l'appartement de Chapman, Jeff doit se farcir trois étages sans ascenseur avec, en prime, des escaliers en colimaçon dont les marches donnent sur le vide et se rétrécissent de la gauche vers la droite.

Quand il arrive, Jeff est en nage. Il veut appuyer sur le bouton de la sonnette d'entrée mais Chapman ne lui en donne pas l'occasion, il ouvre soudainement la porte.

« Monsieur Murray, entrez donc, je guettais votre arrivée... »

Les deux hommes traversent un hall au papier peint fleuri défraîchi et décollé par endroits, qui conduit à un bureau dont les tentures, déteintes par le soleil, sont tirées. La fenêtre est cependant entrouverte, laissant passer les bruits de la rue ainsi que l'air étouffant de l'extérieur.

« Il pourrait quand même s'offrir un ventilateur, songe Jeff, avec ce qu'il prend comme commission... »

Chapman prie Murray de s'asseoir et s'installe à son tour, derrière un bureau encombré de papiers. D'un coup de bras vigoureux, il en balaye la surface, laissant choir plusieurs documents sur le sol.

« Rien n'a changé » songe Jeff en contemplant l'énorme poster, mis sous verre, de Bogart/Marlowe qui occupe les trois quarts du mur lui faisant face.

« Vous prenez quelque chose, Monsieur Murray ? » s'enquiert le détective en mâchouillant un bout de cigarillo qu'il s'ingéniera à rallumer en vain tout au long de l'entretien.

« Non, merci. Sans façon », répond Jeff qui croit reconnaître le complet gris que le privé portait, autrefois, à chacune de leurs rencontres.

Théodore Chapman se sert un verre de whisky qu'il accompagne d'un peu de coca. De ses doigts boudinés, il parvient, à force d'essais, à faire sauter d'une forme en plastique, un glaçon qui atterrit en éclaboussant la manche de sa veste.

Non, décidément, rien n'a changé.

« Z'êtes certain de ne pas vouloir un rafraîchissement, Monsieur Murray ? insiste le détective.

— Certain.

— Alors, si je comprends bien, Monsieur Murray, votre femme a remis ça...

— Je le crains...

— Évidemment, si vous en étiez sûr... vous ne referiez pas appel à mes services, Monsieur Murray... »

Jeff s'incline devant ce raisonnement imparable.

Chapman vide son verre à moitié et repose ses bras avec gravité sur les accoudoirs de son siège. Il a le front en sueur mais semble s'en accommoder.

L'index haut pointé, la bouche tordue, il lâche d'un air compassé ces terribles questions existentielles :

« Mais qu'ont-elles toutes ? La bonne saison décuplerait-elle leurs pulsions hormonales ? »

Il s'attache ensuite à invoquer les différentes causes de l'adultère et ses conséquences, brassant l'air de grands gestes, ce qui a le don d'irriter Jeff qui n'apprécie guère la suffisance et les effets théâtraux de Chapman. Il y trouve quelque chose de faux, de sournois. Mais, force est de reconnaître que le bonhomme est efficace. Un talent qu'il sait monnayer.

« Écoutez, finit par s'impatienter Jeff, si j'avais éprouvé le besoin de consulter un psy, je ne serais pas ici. Tout ce que je demande, c'est que vous me fournissiez des preuves…

— Je comprends votre désarroi, Monsieur Murray. Euh, vous ne voulez toujours rien boire ? Avec ce temps…

— N'insistez pas. Je ne vais d'ailleurs pas vous retenir davantage. Un travail urgent à terminer.

— O.K., alors, ce sera, comme d'habitude, Monsieur Murray…

— 750 dollars d'acompte et autant pour le solde ?

— C'est ça, et quelle que soit l'issue du résultat, vous comprenez, Monsieur Murray…

— Oui, je sais, grogne Jeff, le forfait pour les communications téléphoniques, les heures de déplacements, les filatures, le danger éventuel… »

Murray règle les arrhes que le détective empoche illico. Les deux hommes se quittent sur une molle poignée de main.

Après avoir recompté les billets, la face éclairée d'un sourire jubilatoire, Chapman pousse la porte vitrée donnant accès à un salon désordonné, poussiéreux, et se poste à une distance respectable de la fenêtre. Le privé peut ainsi observer, sans se faire remarquer, ce qui se passe dehors. Une précaution inutile, car les vitres sont tellement sales qu'elles le soustraient à la vue du moindre curieux. Habitué à cette opacité, il distingue à travers elle, Jeff Murray qui, le pas traînant, tourne au coin de la rue.

Chapman regagne sa pièce bureau, écrase son mégot dans le cendrier, ne se résout toujours pas à s'éponger le front et vide d'un trait le restant de son verre puis, s'en ressert un second. Avec, cette fois, moins de coca.

De sous une pile de tracts publicitaires, le détective exhume une boîte rectangulaire qu'il ouvre précautionneusement. Attitude sans rapport en regard du capharnaüm régnant. Des dizaines de cigarillos, sans marque, s'offrent à sa convoitise. Chapman fait mine de choisir et s'en coince un au bord des lèvres.

Détendu, les yeux mi-clos, béat, il boit à petites gorgées en remplissant l'atmosphère d'une fumée bleue.

« Et voilà, simple comme bonjour. Il suffit de peu de chose pour relancer le business : un grain d'astuce, un poil d'imagination et hop, l'affaire est dans le sac. »

Un coup de tonnerre retentit.

« Tiens, l'orage… après le beau temps, la pluie… on s'amuse aussi, là-haut, à changer le cours des événements… bah, il l'avait annoncé à la radio, c'était téléphoné… comme le coup de fil passé à Madame Murray ce matin qui l'a amenée, pour se rassurer, à appeler son mari… ce qui a tout naturellement déclenché chez celui-ci… une suspicion légitime !… »

Théodore Chapman soupire d'aise. 1.500 dollars qui vont lui tomber dans l'escarcelle sans devoir lever le petit doigt. Eh oui, il suffisait pour cela d'un poil d'imagination.

12.

CE CADAVRE RISQUE D'ÊTRE ENCOMBRANT !

.

Calvin Mills fulmine. Il a sa mine des mauvais jours. Les mâchoires serrées, il jette un regard noir sur une photo prise l'an dernier. Une photo le représentant en compagnie de Maggie, son épouse. Ils sont hilares sous le chaud soleil hawaïen. Maggie porte un collier de fleurs multicolores.

Bon sang, quelle mouche a donc piqué Maggie pour qu'elle prenne un amant ? N'a-t-elle pas tout ce qu'elle désire ?

Un somptueux héritage a permis à Calvin de les mettre à l'abri du besoin et de fréquenter la Jet-Set en habitant dans le quartier chic de la ville. Toutefois, dans ce microcosme élitiste, les règles de la moralité sont strictes, du moins en apparence. Mais cette apparence régit tout. Si l'adultère de Maggie éclatait au grand jour, ils seraient tous deux montrés du doigt, déconsidérés, bannis. Dès lors, leurs vies deviendraient impossibles. Ils seraient obligés de faire leurs bagages et de quitter les lieux… cela, Calvin ne le supporterait jamais !

Les yeux plissés, le front soucieux, Mills se sert un scotch.

« Je préférerais encore qu'elle disparaisse… »

Ses yeux brillent d'une étrange lueur, une idée vient de germer dans son esprit.

« … Qu'elle se tue dans un banal accident de voiture, par exemple… ce serait la faute au destin… une horrible fatalité… le rôle de mari éploré m'irait bien… »

L'homme creuse davantage son idée.

« Clemens pourrait m'aider… c'était un mécano hors pair… même s'il ne pratique plus, trafiquer une bagnole relèverait, pour lui, du jeu d'enfant… il a de l'or dans les mains… s'il accepte ma proposition, il aura de l'argent sur son compte… »

George Clemens est un vieux pote que Calvin rencontre une fois par mois *Chez Eddy*, une taverne située en face de la gare. Un vieux pote qui n'a pas eu la chance de Mills.

« Une telle opportunité de ramasser un paquet de fric ne se présentera pas une seconde fois dans sa vie » se convainc Calvin.

Le jour du rendez-vous, quand Mills fait son entrée dans la taverne, il est nerveux. L'endroit est presque désert.

« Tant mieux, on sera à l'aise pour parler » songe Calvin.

Il avise la table où est assis Clemens. Au fond de l'établissement, il y a juste un drôle de petit bonhomme rond avec un chapeau boule derrière une chope presque trop grande pour lui.

« Salut, George…

— Hé, Calvin, un scotch comme d'habitude ?

— Ben, oui, et aujourd'hui, t'es exempt de tournée, c'est moi qui régale…

— T'as encore hérité ?

— En effet, mais d'une sale histoire…

— Explique, vieux… »

Calvin attend que le garçon les ait servis pour se lancer.

« Je suis cocu…

— Tu plaisantes ?

— J'en ai l'air ?

— Euh, non… mais qu'est-ce qui te fait dire ça ?… Maggie ne serait pas assez sotte pour…

— Hélas, si, je le crains… tu sais, les femmes ne fonctionnent pas comme nous… elles sont plus… comment dirais-je… sentimentales… romantiques…

— T'as des preuves ?

— Pas vraiment…

— Alors ?

— Alors, il y a tout de même des attitudes qui ne trompent pas… une tendresse moins présente… des retards quand elle revient d'avoir fait son shopping…

— Un peu mince, tu ne trouves pas ?

— Peut-être, mais je connais bien Maggie, quand elle est perturbée, elle...

— Arrête de te faire du cinéma, vieux... tu n'as aucune preuve tangible de l'adultère présumé de ta femme... pour en être certain, tu devrais faire appel à un détective privé...

— Tu rigoles ? Je vivrais dans un stress permanent. Je le verrais partout ; sous le lit, dans un placard, dans la cabine à outils... et à tout moment, on pourrait découvrir son existence. Inutile de te faire un dessin sur les conséquences que cela entraînerait pour moi.

— Dans ce cas, que comptes-tu faire ?

— J'ai pensé que tu pourrais m'aider...

— Comment cela ? »

Avant de mettre Clemens au courant de son funeste projet, Mills commande une nouvelle tournée. Ensuite, il observe autour de lui. Il n'y a toujours, au fond de l'établissement, que le drôle de petit bonhomme rond avec un chapeau boule derrière une chope de bière presque trop grande pour lui.

« Il faudrait qu'il soit équipé d'un système auditif sur-développé pour surprendre notre conversation » se dit Calvin.

Rassuré, Mills commence par proposer 100.000 dollars à son pote avant de lui expliquer le service qu'il aimerait en échange de cette coquette somme.

Quand Calvin a terminé son exposé, Clemens reste songeur. Il vide son verre d'un coup avant de prendre la parole.

« C'est une belle somme pour un boulot plutôt facile…

— Je savais que tu accepterais, jubile Mills en trépignant sur sa chaise.

— Pas si vite, j'ai encore rien accepté du tout, calme l'autre. Je ne serai d'accord que lorsque j'aurai la certitude de l'adultère de Maggie…

— Ridicule, voyons, qu'est-ce que ça peut te faire ?… 100.000 dollars, c'est un beau pactole, non ?… Tu veux plus ?… 150.000 dollars ?

— Fiche-moi la paix avec ton fric… j'ai des principes, je ne veux pas tuer une innocente… je n'aurais pas la conscience tranquille, tandis que…

— Mais je t'en ai donné des preuves… l'attitude de Maggie… ses retards…

— Elles ne sont pas suffisantes !

— Que veux-tu de plus ?

— Que tu prennes sur toi et engages un détective privé pour être sûr… »

Tout en parlant, les deux hommes ne voient pas le drôle de petit bonhomme rond au chapeau boule s'approcher de leur table. Le curieux personnage les salue puis, s'adresse à Calvin sur un ton neutre.

« Monsieur a raison, fait-il en désignant Clemens.

— De quoi vous mêlez-vous ? s'indigne Calvin, et d'abord qui êtes-vous ? »

Le drôle de petit bonhomme rond glisse sa main dans la poche de son veston pour en retirer une carte de visite qu'il dépose sur la table. Mills n'y prête guère attention et reprend, furieux :

« Comment… comment pouvez-vous être au courant de notre conversation ? D'où vous étiez…

— Dans mon job, il est intéressant de pratiquer la lecture labiale… n'hésitez pas à m'appeler, je vous communiquerai mes honoraires, ils ne s'élèveront pas à 100.000 dollars, rassurez-vous… »

Là-dessus, le drôle de petit bonhomme rond s'éclipse, laissant Mills et Clemens en plein désarroi. Calvin s'empare alors de la carte de visite et lit : *John Cadavre – Détective Privé.*

L'air grave, il la tend à Clemens et lâche sur un ton complice :

« George, je pense qu'il faut agir sans tarder, ce Cadavre risque d'être encombrant… »

13.
« RETENEZ BIEN CE NOM... »

Si la fatalité se montre généreuse avec certains, elle est carrément vacharde avec d'autres. Quand cette garce décide de s'exercer sur les mal lotis, elle n'hésite pas à leur faire subir une triste dégringolade. Pourquoi cet acharnement ? Nul ne le sait. C'est comme ça, dit-on, personne ne peut contrarier le cours du destin, pour inique soit-il.

Les traits de son visage durcis prématurément font qu'il n'est pas beau, Matteo. Ce grand dégingandé aux cheveux roux, malingre, qui a fait ses classes d'homme dans la rue, s'est figé devant la vitrine de la bijouterie Hugo. Son regard sombre brille de désir devant l'éclat des colliers de diamant, des perles fines, des bracelets sertis de rubis, des émeraudes, des anneaux d'or, des billes d'agate ou, enchâssée dans une bague, cette pierre précieuse d'un si beau bleu, appelée lapis-lazuli. Un étalage qui vaut un fameux paquet de fric. Le désir est grand, pour Matteo, de tenter quelque chose pour s'approprier cette belle marchandise. Mais, le jeune homme se contentera du plaisir des yeux car il ne veut plus commettre de faux pas, il se l'est promis lors de sa sortie d'un énième placement en maison de correction. Ce jour-là, le rouquin, voleur récidiviste repenti, a décidé de poser son sac de pillard, de tourner définitivement la page, de se racheter d'une adolescence chahutée de sale gosse poussé au désordre puis à la délinquance qui s'empressait de fréquenter des individus peu recommandables.

Ces ados mal nés ne volaient pas pour se procurer de la drogue, ce n'était pas leur truc. Ils volaient parce qu'ils voulaient s'offrir, comme les autres, des fringues à la mode pour épater les filles et les emmener au snack, au ciné ou faire une partie de *snooker*. Et puis, pourquoi trimer comme un dingue, alors qu'on peut rafler le pactole, exonéré de taxes, en quelques minutes ?

Aujourd'hui, c'est du passé. Matteo estime qu'il a payé sa dette envers la société. Il espère que celle-ci n'aura pas la rancune trop tenace et qu'il pourra s'intégrer dans le système. A ce sujet, il sera vite édifié puisqu'un pote lui a refilé un numéro de téléphone qu'il a inscrit sur un bout de papier plié en quatre au fond de sa poche. Il s'agit de contacter une grande surface qui cherche à embaucher un magasinier. Pas vraiment jojo, mais peut-il espérer mieux ?

Le rouquin quitte la devanture de la bijouterie, le blues accroché aux talons malgré cette belle journée printanière. Il se rend au *Lorrie's bar* d'où il téléphonera pour ce job.

Le patron, Dick Lorrie, est un ancien détenu qui en a bavé pendant quinze ans derrière les barreaux pour une sordide histoire de famille : un beauf qu'il a buté parce qu'il prenait la tête de sa sœur pour un *punching ball*. Le crime était prémédité mais, vu les circonstances, le jury s'est montré compréhensif en évitant la perpète à celui que l'on surnomme *Fats* à cause de sa peau grasse, suintante, son corps boursouflé, épais, couronné d'épaules massives que terminent des bras de gorille.

Dick *Fats* Lorrie n'est pas un inconditionnel du torchon, « si les coins en veulent, ils n'ont qu'à s'approcher ». Par contre, ce fort en gueule, est prodigue de bons conseils pour ses kids, comme il les appelle, lorsqu'il s'agit de refréner leurs ardeurs délictueuses.

« Oh, Mat', d'où tu viens ? On commençait à s'inquiéter...

— Ça va, les gars, je me suis levé un peu plus tard que d'habitude, c'est tout. Hé, Dick ! Sers-moi une bière !

— T'as de quoi la payer ?

— Non... enfin, pas aujourd'hui, mets-la sur mon ardoise !

— Tu sais bien que je ne fais pas crédit sur les boissons alcoolisées…

— Sers-moi un coca, alors.

— O.K., je te le note... »

Matteo extirpe de sa poche un paquet de cigarettes froissé. Il fait la grimace en constatant qu'il ne reste que deux clopes. Surtout que ce profiteur de Jacinto en sollicite une tout en râlant parce que Mat' s'obstine à les acheter sans bout filtre.

« Prends, mais, à l'occasion, t'en achètes !

— Inutile, j'ai décidé d'arrêter… c'est la dernière…

— Tu dis ça à chaque fois…

— Cette fois, je te le jure, c'est la bonne…

— T'as intérêt, tes bronches sont déjà en compote. Bientôt, tu ne parleras plus, tu siffleras.

— Toutes les nanas vont se retourner.

— Et après ? Tu ne crois tout de même pas qu'elles vont s'intéresser à un *tubar* doublé d'une feignasse ? Tu ne te bougerais pas un peu ?

— Ne déconne pas, tu sais bien que je suis fichu. Quel patron engagerait un gars comme moi, souffreteux et sans qualification ?

— Et Willie ? Il n'est pas plus qualifié que toi et, cependant, il a dégoté un travail dans un Car Wash.

— Tu me vois nettoyer des bagnoles toute la journée dans les courants d'air ? Tu veux m'achever, dis ?

— T'es con, je n'ai pas dit que tu devais forcément boulotter là-dedans...

— Mais, dis donc, qu'est-ce qui te prend de jouer les conseilleurs ? T'en as, toi, du boulot ?

— Ben... peut-être, je ne sais pas encore... j'ai un coup de fil à donner.

— Tu n'as pas l'air pressé...

— Ce n'est pas ton problème, pigé ?

— Sympa de me citer en exemple, intervient brusquement un lourdaud, les cheveux coiffés en brosse sur une grosse face variolique, mais j'ai reçu mon bon de sortie ce matin. Une connerie... j'ai bousculé un client qui finissait par m'emmerder avec ses exigences.

— Chassez le naturel... fait Jacinto, persifleur.

— Que veux-tu dire ? rétorque le gros. Une moue mauvaise, grotesque rend son faciès un peu plus effrayant. Il agrippe, de sa grosse pogne, le revers du veston de Jacinto qui blêmit.

— Tout va bien, les gars ? s'écrie Dick apercevant la scène de derrière son comptoir.

— Ouais, y a pas de problème, lance Matteo, puis, en aparté aux deux autres : ça suffit, arrêtez de faire du foin ici... *Fats* ne mérite pas ça ! Il a toujours été chouette avec nous.

— O.K., O.K., tope-là ! » Ils se tapent les mains les unes contre les autres en signe de réconciliation.

L'attention de Matteo est attirée par un quidam à la mise très soignée. Happé par un nimbus, le voilà qui flotte dans l'éther.

Les traits de l'inconnu révèlent une bonté qui va droit au cœur. Sa douceur et son amour des autres transparaissent dans toute son agréable physionomie. Il semble exister pour le bonheur de ses contemporains. Ses cheveux sont blancs comme la neige, ses gestes précis, élégants, sont marqués au coin d'une distinction sans pareille. Sans qu'on y prenne garde, on se surprendrait à vouloir l'accompagner où qu'il aille. L'effet de sa présence est immédiat : elle apporte un apaisement, un oubli du mal, des désagréments et des incommodités diverses. Cet homme sans âge, au physique charmeur, qui est-il ? D'où vient-il ? Matteo, à la fois subjugué et perturbé, ne se souvient pas de l'avoir déjà vu ici.

Le rouquin interpelle ses copains :

« Vous voyez, le type, là-bas ? Est-ce que l'un de vous le connaît ?

—Tu m'étonnes, répond Jacinto, c'est ce pochard de Ronnie Law, me dis pas que tu le remets pas, il vient tous les jours se scotcher au bar...

—Ce n'est pas de lui qu'il s'agit, reprend Matteo, mais de l'autre, le type qui présente bien, assis à la table du fond...

—À la table du fond ?

—La classe qu'il a ! Et puis, quelle présence réconfortante... vous ne le sentez pas ?

—Désolé, vieux, je t'assure, je ne vois personne...

—Tu rigoles ? Regarde mieux, et toi, Willie, qu'est-ce t'en penses ? Il est juste dans ton champ de vision... tu ne peux pas le louper...

—Même chose que Jacinto, je vois personne là où tu dis...

—Mais enfin, ce n'est pas possible, je n'hallucine pas !

—T'es sûr que tu ne sniffes pas une ligne de temps en temps ? questionne le lourdaud, railleur.

—Arrête de radoter, tu sais très bien que ça n'a jamais été mon trip.

—Note, ajoute Jacinto, l'œil malicieux, qu'en ce qui nous concerne, s'il s'agissait d'une super nana, on la remarquerait tout de suite, mais un mec... tu virerais pas un peu pédé, par hasard ?... » Et les deux types de s'esclaffer.

« Laissez tomber, vous êtes vraiment lourds, d'ailleurs, il a... il a disparu... probablement gêné qu'on l'observe ainsi... »

À peine revenu sur terre, Matteo ressent le besoin de s'isoler. Le coup de fil qu'il doit donner lui sert de prétexte.

« Ho ! Dick, je peux téléphoner ?
— Pas de problème, mon grand, tu connais le chemin. »

Des pavés inégaux, certains quasiment sortis de leur alvéole composent le sol de cette arrière-cour de bistrot. Empilées dans un équilibre instable, des caisses vides, poisseuses, attendent leur retour vers la brasserie d'où elles reviendront pleines de bouteilles remplies. La pâle lueur qu'émet une faible lampe éclaire mal le bric-à-brac contenu dans une soupente qui ignore l'existence de la serpillière. Cet endroit sert, à coup sûr, d'asile à une armée de rats qui l'ont colonisé depuis bien longtemps déjà. Il arrive que quelques-uns de ces rongeurs s'aventurent à l'air libre avec toute la circonspection propre à leur espèce. Une légère odeur d'ammoniaque flotte dans l'air ambiant. Elle émane d'un coin transformé en urinoir situé sur le tout-à-l'égout, et qui asperge sol et mur du liquide jaunâtre, rendant l'endroit pisseux et nauséabond.

Le rouquin aperçoit l'homme qui présente bien, appuyé contre une niche construite dans un bois de mauvaise qualité couvert de graffitis, d'où pend un téléphone perché au-dessus d'une pile d'annuaires et de magazines people.

« Que... que me voulez-vous ?... Et d'a... d'abord, qui... qui êtes-vous ? bredouille Matteo, à nouveau sous le coup du charme.

- Nous avons rendez-vous tout à l'heure, je suis un peu en avance, mais j'ai beaucoup à faire dans le secteur. Au fait, retenez bien ce nom... Casper Spoons » fait l'inconnu dont la voix exhale une suavité qui ne se rencontre nulle part ailleurs.

— N'oubliez pas... Casper Spoons » répète-t-il avant de regagner la salle.

Au diable ce job déprimant, Matteo ne téléphonera pas. Il est remonté dans sa bulle, paré à défier les lois de l'apesanteur pour s'envoler loin, très loin du *Lorrie's bar*, de Jacinto, de Willie, de tout ce qui fait son quotidien. Il est prêt à suivre l'envoûtant personnage, dans la galaxie s'il le faut.

— Alors, Mat', tu l'as ce boulot ? Dis donc, t'en tires une tronche.

— Ça n'a pas marché, vieux ? Les salauds, y z'ont la vengeance tenace. Qu'est-ce que t'as ? T'es tout nerveux…

— Oh ! Les gars, le type qui présente bien, vous l'avez vu cette fois… il m'a précédé de peu, vous ne pouvez pas l'avoir raté, s'enquiert le rouquin, impatient.

— Euh… franchement, non… on ne l'a pas vu. Excuse-nous…

— Pourquoi, c'est grave si on ne l'a pas vu ? Si tu veux qu'on te dise qu'on l'a vu pour te faire plaisir…

— Suffit, fermez-la ! Matteo, excité, élève la voix de façon à être entendu par tout le monde… est-ce que quelqu'un connaît un certain Spoons, Casper Spoons ? »

Les rares clients s'interrogent du regard, interloqués. Personne ne répond.

— Veux-tu que je consulte l'annuaire ? propose Dick.

— Pas le temps, hurle Matteo en se ruant hors du bar.

— Il est devenu cinglé ! fait Jacinto en pointant l'index sur sa tempe.

— Moi, fait Willie, on ne m'enlèvera pas de l'idée que ce gars-là se *shoote*…

— Ou il a viré de bord… rajoute Jacinto.

—Son comportement me tracasse, il y a longtemps que je ne l'ai plus vu dans un état pareil, s'émeut Dick en s'adressant aux deux comparses qu'il a rejoints, j'espère qu'il ne va pas replonger... »

Arrivé en bout de rue, le souffle court, Matteo hésite sur la voie à prendre. « Par où est-il passé ?... Faut que je le trouve... il m'a parlé de rendez-vous et je sais même pas où... »

Poussé par on ne sait quelle nécessité, il se dirige vers la bijouterie Hugo.

Soudain, une voiture puissante, roulant à vive allure s'arrête pile à deux pas de lui. Trois hommes encagoulés sortent du bolide, armés de pistolets-mitrailleurs. Ils semblent fébriles mais, précis et décidés, ils pulvérisent la vitrine et s'emparent, à profusion, de son contenu. Habités d'une rage destructrice, confinant à la folie, ils se livrent aux pires violences.

Matteo fait un geste qui n'échappe pas à l'un des truands. Aussitôt, sans la moindre hésitation, le bandit fait parler son arme en rafales, atteignant mortellement deux passants et le rouquin. Les voyous s'engouffrent vite dans leur véhicule.

Matteo est allongé sur le trottoir, il perd beaucoup de sang. Dans la cohue, quelqu'un s'approche de lui. Le rouquin reconnaît la silhouette devenue familière de l'homme qui présente bien.

« Bonjour, fait-il simplement, je suis Casper Spoons, soyez le bienvenu... »

Cet homme d'un délice exquis vous séduit, vous appelle et qui l'accompagne n'en revient jamais. Il vous débarrasse des vicissitudes de la vie en vous entraînant, toute chose cessante, dans le néant, dans l'empire des morts.

Casper Spoons... ça sonne agréablement, non ?... Casper Spoons... retenez bien ce nom...

14.
LES NUITS DU CONDÉ

Café/cafard, café/brouillard, riment avec le désespoir de Thomas Robin. Depuis qu'il a perdu son emploi d'inspecteur de police, le moral de notre homme n'est pas loin du zéro. Ce boulot, qu'il avait toujours rêvé de faire, Thomas l'accomplissait comme un jeu…. un jeu dangereux, souvent au péril de sa vie. Mais il aimait ça, jouer…

Hier encore, « petite tête, gros biceps », ainsi surnommé par ses pairs, plastronnait du haut de son mètre quatre-vingt-cinq avant le couac, la bavure de trop. Ses manières musclées, expéditives avaient eu raison de la patience du grand patron. D'autant que la presse n'avait pas été tendre à l'égard de ce cow-boy qui confondait les rues de la cité avec le Far West !

Ah, cette ordure de Darton, l'ennemi public numéro un… Thomas avait attendu qu'il ait vidé son chargeur. Le vicelard tirait des balles dum-dum. Des balles normales qu'il traficotait en gravant une croix à leur extrémité. Des balles qui t'explosent tout l'intérieur lorsqu'elles t'atteignent.

À court de munitions, le scélérat était sorti de sa cachette, les mains sur la tête. L'arrêter pour le jeter en taule avec les risques d'évasion ou de le voir libéré un jour ? L'occasion était trop belle de débarrasser la société de ce nuisible.

Thomas le tenait en joue. Pas d'atermoiement. Le policier appuya sur la gâchette et lui logea un pruneau entre les deux yeux.

Le grand patron ne mit pas de gant pour signifier sa mise à pied à Thomas qui crut même percevoir un sourire sardonique sur les lèvres du boss lorsqu'il restitua sa plaque et son arme de service. Dans cet univers glauque où flics, bandits et interlopes se côtoient, il n'est pas bien vu de jouer au héros. Thomas Robin l'apprenait à ses dépens.

De crises d'insomnie en journées maussades, il traîne son spleen, attendant le jeudi avec impatience. Ce jour-là, en effet, il a rendez-vous avec Vincent Christophe, un jeune inspecteur qu'il initiait aux plaisirs du boulot de flic quand il s'est fait virer. Une compagnie qui le sort, pendant quelques heures, de sa trajectoire triste et solitaire.

Leur point d'ancrage hebdomadaire se situe *Chez Joe*, un bistrot où l'on sert les meilleurs spaghettis de la ville.

Face à Vincent, élève réceptif, entre deux verres d'un vin léger dont on se moque pas mal qu'il ait du corps ou non, Thomas recouvre toutes ses sensations d'autrefois, celles d'un homme qui n'a jamais été économe de fanfaronnade. Ce bluffeur né aime épater la galerie, d'autant plus qu'aujourd'hui, comme il se le répète souvent, il n'est plus qu'une sous-merde dans un monde de merde…

Vincent, jeune homme taciturne mais toujours poli, semble vouer une profonde admiration à l'homme qui lui a mis le pied à l'étrier, même s'il a une conception différente de la manière d'exercer le métier.

Entraîné dans une marche somnambulique, Thomas déambule le long du canal où convergent d'étroites rues aux couleurs de misère. Une silhouette sombre se glisse au hasard d'une des venelles, projetée par un éclairage économe sur des murailles taguées d'insultes à la société. Ombre fugace se confondant presque à la noirceur de la nuit.

Thomas suit à distance, guidé par les pas de l'inconnu qu'il perçoit au loin comme si son " état " décuplait ses facultés auditives. L'autre ralentit le pas, ralentit encore et encore jusqu'à l'arrêt… auquel succède le silence lourd, inquiétant, déchiré subitement par un cri terrible, un cri de terreur, suivi d'un râle…

Rêve ou réalité ? Les deux se sont toujours confondus chez Thomas qui se dirige d'une allure franche vers l'endroit d'où provenait le cri... un bruit de course, quelqu'un prend la fuite !

L'ex-policier longe un mur gris couvert de graffitis menant à une entrée ouvrant sur un terrain vague éclairé de deux réverbères pâlots. Il distingue quelque chose de sombre sur le sol, s'en approche et manque de vomir à la vue d'un bras coupé, ensanglanté.

Thomas s'en veut aussitôt de sa réaction « de mauviette » qu'il met sur le compte d'un effet pervers de son oisiveté. Poursuivant son investigation, il découvre, un peu plus loin, le corps, amputé d'un bras, d'une jeune femme à la gorge tranchée.

« J'ai dû interrompre le dépeceur en plein boulot, je vais prévenir la police... » Thomas se ravise, un éclair malicieux passe dans ses yeux noirs.

« Ce doit être aussi grisant de se trouver de l'autre côté de la barrière... » Il ramasse alors le membre et le cache sous son manteau. Réflexe normal de celui qui vole, l'homme regarde autour de lui afin de s'assurer que nul ne l'a surpris pendant qu'il commettait son indélicatesse. Précaution inutile, car, à cette heure tardive, il ne doit pas y avoir grand monde dans le secteur.

Thomas regagne ensuite son domicile d'une démarche assurée.

Le lendemain, les journaux s'émeuvent de la découverte, dans le quartier Est de la ville, du cadavre de Paula Larcan, une jeune fille en mal de vivre qui avait fui la maison parentale.

Thomas finit de boire sa tasse de café et ouvre le frigo. Ainsi donc, ce qu'il a vu cette nuit était bien réel. Témoin, ce bras qu'il enlève du réfrigérateur et qu'il couche sur la table pour le laver et le désinfecter au moyen d'un puissant antiseptique avant de le remettre en place.

On est jeudi. Il tarde à Thomas de rencontrer Vincent Christophe. La conversation risque d'être intéressante, très intéressante…

En attendant l'heure du rendez-vous, l'ex-policier s'empare d'un paquet de Gauloises sans filtre. Il en défroisse les extrémités pour redresser, du bout de l'ongle, une dernière cigarette, légèrement pliée, couchée au fond du paquet; la malaxe entre le pouce et l'index avant de la coincer au coin des lèvres pour l'allumer.

Il déploie ensuite ses longues jambes sous la table et tire quelques bouffées de sa clope. Les cendres de son mégot, entièrement consumé, se répandent sur son pantalon. Du plat de la main, Thomas les balaie, formant ainsi de vilaines traces grises sur le tissu. Il mouille alors le bout de son index et frictionne vigoureusement les marques jusqu'à les faire disparaître.

L'homme observe sa main souillée comme s'il tentait de déceler à travers ses lignes, un signal qui bouleverserait bientôt sa vie.

Quand Thomas Robin pousse la porte d'entrée de l'établissement *Chez Joe*, Vincent Christophe est déjà attablé. Le jeune homme se lève pour saluer son mentor. Une cordiale poignée de mains est échangée. Thomas commande deux whiskies. Vincent s'étonne, il n'est pas dans leurs habitudes de commencer leur entrevue par le verre qui en scelle la fin.

« Ça va ? » s'enquiert Thomas en sortant un nouveau paquet de Gauloises de sa poche dont il extrait une cigarette vite allumée.

« Je suppose que vous avez entendu parler du dépeceur…

— Arrête de me vouvoyer ! Combien de fois devrais-je encore te le répéter ? grogne Thomas.

— Oui, c'est vrai, vous… euh… tu as raison… »

Les deux hommes éclatent de rire.

« Qui a-t-on mis sur l'enquête ? coupe Thomas, reprenant un air sérieux.

— Léon Leroy.

— Quoi, ce vieux cheval sur le retour ? Le boss ne lui a pas fait une fleur... et d'ajouter, ironique : quand sonnera l'heure de la retraite, il en sera toujours au stade des supputations qu'il aura, bien sûr, notées avec grand soin dans un cahier à feuilles quadrillées en veillant à ne pas déborder dans la marge. Tu parles d'un cadeau de fin de carrière...

— Vous... tu es dur, Leroy est un bon flic, rétorque Vincent, en se retenant de rire.

— Je ne conteste pas les qualités de Léon, je le connais depuis vingt ans ! Mais, c'est un... méticuleux, un vrai fonctionnaire, pas un baroudeur, un homme de terrain...

- Qui t'aurais vu à la place ? questionne Vincent qui connaît la réponse.

— Ben, moi, pardi ! Le tueur en série, c'est mon domaine... ce sont les affaires les plus coriaces à élucider. Le serial killer, comme disent les amerloques, trouve sa force, son invincibilité, derrière l'absence de mobile. Car, tu le sais aussi bien que moi, c'est le mobile qui confond toujours l'assassin...

— Pourquoi parles-tu de tueur en série ? Rien ne laisse présager qu'il s'agisse d'un criminel de ce type, risque Vincent.

— Allons, jeune homme, c'est signé. La sauvagerie du forfait. Crois-moi, la nature de ce crime en appelle d'autres, tu verras ! Ce dingue n'en est qu'au début de sa carrière. Je te le certifie, on a affaire à un illuminé qui se sent investi de... je ne sais pas, moi, tiens, d'une mission purificatrice et qui veut exterminer, en frappant l'imagination, des femmes ou des hommes de manière spectaculaire afin qu'ils ou elles payent chèrement le prix de leur péché... »

Thomas s'amuse du trouble soudain provoqué chez son interlocuteur, aussi, cet éternel joueur juge-t-il le moment opportun pour entretenir la confusion de Vincent.

« ... on se trouve peut-être face à un type encaissant mal une situation vécue... par exemple, quelqu'un qui a perdu son boulot... un boulot qui était toute sa vie... dès lors, il en veut à la terre entière et s'en prend, au plus fort de sa détresse, à tout qui lui tombe sous la main... »

Thomas est satisfait de la chute du premier acte. Il en restera là pour l'instant.

Le décor est identique, mais le ciel est lourd. Des nuages noirs laissent filer un crachin froid, pénétrant, qui ne décourage pas Thomas dans ses errances nocturnes. Ses yeux embués tentent de percer le rideau d'une obscurité mouillée derrière lequel se profile une existence oisive à la couleur terne de l'ennui. Une présence presque familière, fidèle à un rendez-vous qu'ils ne se sont pas donné mais qu'aucun des deux ne voudrait manquer, se faufile à travers le dédale de rues cafardeuses où flotte l'odeur de la mort. Équilibriste sur le fil de l'inconscience, notre joueur invétéré est parcouru d'un frisson exaltant à l'idée que le dépeceur, tapi dans l'ombre, puisse l'avoir en point de mire. Une effroyable connivence lierait-elle Thomas à l'énigmatique tueur dans cette morbide partie de cache-cache ?

De son périple de noctambule, notre homme ramènera, cette fois, deux doigts.

L'ex-policier constate la moiteur des mains de Vincent. Ce détail n'est peut-être pas nouveau, mais il n'y prête attention que ce jour. Sur la table est étalé le numéro de *L'Echo du Matin* qui consacre sa première page à la découverte du corps mutilé d'un dénommé Adelin Verrière que la vie, si l'on prend la peine de s'attarder sur la relation de celle-ci, n'a guère épargné.

« Et de deux » lâche Thomas en arrosant de parmesan son spaghetti. Il a cet air sûr de lui auquel Vincent Christophe est accoutumé.

« Tu l'avais prédit », flagorne le jeune inspecteur qui éprouve à chaque rencontre la même difficulté à enrouler les pâtes autour de sa fourchette. Un exercice de style qui lui envoie des éclaboussures de sauce sur la chemise. Il les frotte à l'aide de sa serviette humectée de salive.

« Comment Leroy mène-t-il son enquête ? » interroge Thomas, amusé de voir Vincent tenter de redonner à la liquette sa netteté initiale.

« … Il est allé consulter le fichier de l'asile psychiatrique… »

— Mouais, pourquoi pas ? Ce côté fonctionnaire cadre bien avec le bonhomme…

— Qu'aurais-tu fait ? demande Christophe, le rose aux joues.

— Je me serais baladé la nuit, dans le quartier Est…

— Il… il pensait que le dépeceur ne sévirait pas au même endroit.

— Et si pourtant… d'ailleurs, il y frappera encore, tu paries ?

— Tu crois ?

— J'en suis certain… c'est une des caractéristiques de ce genre de criminel, le goût du risque, du défi, du jeu… »

Le jeune inspecteur esquisse un sourire forcé et poursuit son travail de nettoyage. Thomas le sent perturbé. Une anxiété qu'il n'impute pas au seul fait d'avoir salis son vêtement. Il a une trop longue expérience des hommes pour se laisser leurrer par leur comportement. Outre leur relation et... les taches, quelque chose de fort, de très fort, les unit.

Porté par cette certitude, Thomas jette tout de go : « Je connais l'assassin ! »

L'autre suspend sa laborieuse occupation et fixe l'ex-policier, l'air hébété. Dit-il vrai ou est-ce encore une forfanterie dont il est coutumier ? Visiblement mal à l'aise, Vincent bredouille :

« Je... je suppose que... que, tu es sûr de... de ton coup... est-ce quelqu'un de... de connu des services de police ?

— Oh que oui ! »

Le visage du jeune inspecteur prend une coloration crayeuse, signe du profond malaise qui l'étreint. Thomas sent le bonhomme terrifié à la pensée de la révélation qui lui sera faite.

« C'est moi ! » déclare l'ex-policier, éprouvant la jubilation de celui qui passe aux aveux, confessant ainsi l'inattendu, le surprenant... l'épatant ! D'un coup, il s'extrait de la peau de l'acteur réduit à des emplois de trente-sixième couteau pour revêtir l'habit d'un premier rôle, qui lui sied bien mieux.

« Ah !... » Les traits de Vincent se décrispent et reprennent des couleurs.

« Ça ne t'émeut guère, s'indigne Thomas, jouant les divas offensées.

— Excuse-moi, mais j'ai du mal à le croire... tu m'as tellement habitué à... » Le jeune inspecteur cherche ses mots pour éviter d'offenser l'ex-policier.

« ... raconter n'importe quoi ! C'est ça ? achève Thomas. Dans ce cas, je t'invite à me suivre...

— Si tu veux... mais, pour aller où ?

— Chez moi, pour te prouver ce que j'avance... »

Les deux hommes appellent Joe pour régler les consommations. Ce dernier s'étonne d'un départ si précipité ; il avait déjà préparé les whiskies.

« Ajoute-les à la note et... bois-les à notre santé ! » lance Thomas sur un ton enjoué.

Vincent Christophe reste abasourdi devant les restes supposés de Paula Larcan et d'Adelin Verrière, étalés sur la table de la cuisine.

« Incroyable ! » répète-t-il sans cesse pour se convaincre qu'il ne rêve pas.

— Tu me crois à présent ? » interroge Thomas, plein d'arrogance.

Le regard de Vincent voyage des trophées à l'ex-policier comme s'il essayait d'établir le rapport qui les unit. Peu à peu, il donne l'impression de se faire à l'idée de l'existence du lien. Joue-t-il à son tour, par peur de la réaction de l'autre, sachant qu'il n'est pas bon de contrarier un tueur en série, fier d'exhiber son butin ?

« Mais pourquoi... pourquoi ces meurtres ? Pourquoi ces restes ?... Pourquoi ?

— Par colère, par dépit... l'envie de ressusciter. La presse, la police, la rue, tout le monde parle de mes horribles forfaits me prouvant ainsi que j'existe à nouveau...

— C'est absurde, personne ne sait que c'est toi...

— Je commets ces actes en pleine possession de mes moyens. Je les assume donc pleinement. Quand on parle d'eux, on parle de moi... tu piges ?

— C'est trop compliqué pour moi... Christophe se ravise, qu'est-ce qui me prouve que c'est vraiment toi, l'auteur de ces crimes ? Ces membres n'appartiennent peut-être pas...

— Où les aurais-je dégotés ? coupe Thomas, vexé.

— Écoute, je... je ne sais plus trop quoi penser... il serait peut-être préférable que l'on ne se voie plus pendant quelque temps... je...

j'aimerais avoir une aspirine, tout ça me donne des maux de tête.

— J'ai ce qu'il faut. Tu ne bouges pas, j'arrive. »

Thomas exulte face au désarroi dans lequel est plongé Vincent. Son instinct de super flic, gardé intact, lui souffle que le destin les amènera à se revoir beaucoup plus tôt que prévu… l'ex-policier se demande s'il doit s'en réjouir…

D'une démarche souple, Thomas glisse sur les pavés noirs et délavés du quartier Est. L'air est frais mais il ne pleut plus… pour l'instant car on peut s'attendre à tout d'un ciel dont la nuit masque les intentions.

Il perçoit le doux roulis de l'eau du canal qui vient taquiner la coque d'une péniche. Mais c'est vers un autre bruit que se tendent ses sens aux aguets : celui d'un pas ! Le pas de quelqu'un qui arpente le trottoir à l'affût d'une proie et qu'il reconnaît : le pas du dépeceur !

Thomas aperçoit au loin celui que toute la police recherche. Silhouette obscure, fuyante, qui se perd dans les détours de rues tortueuses, mettant chaque recoin à profit pour échapper au poursuivant qu'il pressent.

L'ex-policier sait que ce soir l'un des deux paiera le prix fort. Démasqué, le tueur n'aura d'autre alternative que celle de vaincre ou de mourir.

Un cri ! Thomas se précipite vers le terrain vague, trop tard…

La victime agonise dans un gargouillis sanglant de sa gorge tranchée. Mais, quelque chose a changé, la victime n'a pas subi de mutilation. Le tueur a-t-il modifié sa façon de procéder ?… Ou n'a-t-il tout simplement pas eu le temps de terminer son œuvre parce qu'il a été surpris par la promptitude de Thomas à se trouver sur les lieux ?… Et doit, par conséquent, encore rôder dans les parages ! La présence terrible, invisible, à l'affût, pèse comme une chape de plomb sur un silence allié, faisant comprendre à l'ex-policier… qu'il est piégé ! Que cette fois-ci, l'intrépide Thomas Robin, le super flic roué aux situations les plus biscornues, les plus invraisemblables, est tombé dans un traquenard comme un vulgaire débutant !

Une détonation puis, une deuxième… un corps déchiré, projeté en arrière par l'impact… du sang qui coule en abondance… une vie qui s'en va, qu'on ne peut plus retenir… une ombre floue qui s'avance devant des yeux mourants…

un visage familier, aux traits démentiels, derrière un revolver pointé... une ultime détonation... le coup de grâce...

La consternation est grande dans le milieu policier. Comment un type comme Thomas Robin a-t-il pu tomber si bas ? Ses collègues admettent volontiers qu'il était givré, mais de là à sombrer dans le macabre.

Vincent Christophe est un héros. Poursuivi par les médias, il répète encore et encore comment il a surpris Thomas Robin, le dépeceur, en train d'accomplir sa sinistre besogne et regrette d'être arrivé trop tard pour éviter un nouveau crime.

Léon Leroy sera un des premiers à féliciter le jeune inspecteur avant que celui-ci ne demande sa mutation. Une requête compréhensible, car le choc l'a ébranlé. Personne n'ignorait les liens existant entre Thomas Robin et Vincent Christophe... qui rend grâce à l'esprit ludique de son mentor sans lequel il n'aurait pu tenter sa chance sous d'autres cieux où il espère s'épanouir davantage par un choix plus sélectif des sacrifiés !

Car son insatisfaction est grande et son orgueil blessé face à l'obéissance passive de ses victimes. Une résignation veule qui n'a jamais permis à Vincent d'accéder pleinement à cette exaltation suprême du bourreau, du maître, face à celui qui le supplie, qui l'implore de lui épargner la vie.

Sur la route de ses exploits futurs, Vincent Christophe se remémore l'approche psychologique succincte de Thomas à propos du tueur en série :

« Un illuminé se sentant investi d'une mission purificatrice » ou « Un type qui en veut à la terre entière parce qu'il a perdu son boulot »... il aurait pu ajouter :

« Un jeune homme, coincé entre une éducation rigide et un sens aigu du devoir et de la hiérarchie, essayant d'acquérir une puissance dominatrice quel qu'en soit le prix ! »

15.
UN ALLER SANS RETOUR

L'homme ne voulait courir aucun risque. Pour cette raison, il laissa sa voiture au garage et prit le métro puis le bus. C'était l'heure du dîner, il n'y avait donc pas trop de monde dans les transports en commun. L'homme descendit un arrêt avant celui situé à quelques mètres de la maison de la jeune femme. Un peu de marche lui ferait du bien d'autant qu'il faisait doux en ce début de soirée automnal. Machinalement, l'homme s'assura qu'il n'avait pas oublié le flacon plat de whisky glissé dans sa poche-revolver. Ses chaussures à semelles de crêpe rendaient ses pas silencieux.

Lorsqu'il atteignit la maison, il la contourna pour descendre l'allée étroite menant à la porte de derrière, entra dans la cuisine et referma la porte à clé. Des bruits de pas se firent entendre dans la pièce voisine. Bientôt, la silhouette d'une jeune femme s'encadra dans l'embrasure de la porte.

« Ah ! C'est toi, dit-elle sur un ton boudeur.

— Ne t'avais-je pas promis de venir ?

— Tu promets tant de choses… »

La jeune femme fit une drôle de moue, se retourna et regagna le salon.

« Un problème ? » interrogea l'homme qui la rejoignit et s'assit à côté d'elle sur un divan.

« Allons, mon cœur, que se passe-t-il ? Pourquoi fais-tu la tête ?

— Pourquoi ne la ferais-je pas ? »

Le visage de la jeune femme était renfrogné, la tristesse se lisait dans ses grands yeux clairs. Puis, elle se détendit soudain et passa sa main dans les cheveux noirs de l'homme. Ensuite, elle se pencha et frotta une joue contre la sienne.

« Tu piques, fit-elle avant d'ajouter ; ça te fait de l'effet, hein ?

— Poser la question, c'est y répondre » fit-il.

Le visage de la jeune femme se rembrunit.

« Tu dois me trouver conne, n'est-ce pas ?

— Mais non voyons, ne sois pas ridicule, tu es juste un peu énervée…

— Ridicule ? Je l'ai été ! À présent, c'est terminé, je vais faire ce que j'ai dit !

— Je t'en prie, arrête, tu me cherches toujours des crosses. »

Elle se mit à l'imiter rageusement.

« Je te cherche toujours des crosses ! Je suis une impatiente… tu peux ajouter ceci au tableau : je suis incapable de garder les secrets !

— Je ne comprends pas…

— Je pense qu'au contraire tu comprends très bien. Si tu n'as pas assez de cran pour parler à ta femme, je le ferai moi-même !

— Holà ! Du calme, mon cœur…

222

— Je suis déterminée !

— Je n'en doute pas une seconde… euh… sache cependant que j'ai donné ma démission cet après-midi… »

Elle le fixa, étonnée.

« Tu… tu as vraiment quitté ce sale boulot ?... Désolée, je ne te crois pas !

— Tu ne me crois jamais.

— Alors… nous partons ensemble ? Sa voix tremblait, trahie par l'émotion.

— C'est ce que tu voulais, non ?

— La voiture ?

— Quoi, la voiture ?

— Je… je ne t'ai pas entendu arriver ni claquer la portière…

— Je me suis garé un peu plus loin… »

L'homme lit dans ses yeux une expression de triomphe. Elle se glissa sur ses genoux.

« Crois-moi mon amour, c'était ce qu'il y avait de mieux à faire, dit-elle d'une voix presque enjouée, au fait, quand partons-nous ? demanda-t-elle à brûle-pourpoint.

— Euh… ce soir, si tu le désires…

— Si je le désire ? s'écria-t-elle… ah ! Mais sur le champ, oui !... Hum, toi, quand tu te décides, tu démarres au quart de tour. Bon, je vais faire mes valises.

— Prenons d'abord un verre pour fêter ça... »

L'homme tira le flacon de whisky de sa poche. Elle lui posa un baiser sur les lèvres.

« J'ai été brutale avec toi, n'est-ce pas ? Je te prie de m'excuser. Mais... tu sais que je ne peux pas boire, je ne tiens pas l'alcool.

— Ce soir, c'est assez exceptionnel... non ?

— Oui... alors juste un verre... un tout petit...

— Je ne voudrais pas que tu changes d'avis une fois que nous serons sur la route...

— T'inquiète, pour rien au monde je ne changerais d'avis. »

La jeune femme se leva et se rendit dans la cuisine. Dès qu'elle eut disparu, il prit dans sa veste un mouchoir propre et essuya soigneusement le flacon. Puis, le tenant à travers le mouchoir, il le posa à l'autre bout de la table.

« Tu as oublié le whisky ! cria-t-il.

— Tu n'as qu'à me l'apporter » répondit-elle. Il aspira profondément.

« Je suis trop bien installé, mon cœur. »

Elle apparut dans l'encadrement de la porte, s'approcha et l'embrassa sur le front.

« Dis donc toi, il faudra que je te surveille. Tu pourrais te montrer capricieux. »

La jeune femme saisit le flacon et revint bientôt avec deux verres dans lesquels la glace tintait doucement. Elle s'installa sur le divan et lui tendit son verre, d'un air soudain maussade.

« Tu voudrais faire machine arrière, hein ? »

Il se raidit.

« Ce que tu peux dire comme connerie parfois, mon cœur.

— Tu as traîné si longtemps avant de... au point de me demander si tu ne voulais pas juste profiter de mon corps...

— Je t'en prie, arrête. Je voulais m'assurer que nous prenions la bonne décision, c'est tout. Un choix pareil ne se fait pas sur un coup de tête...

— C'est parfois si beau, si romantique, de faire les choses comme ça, sans réfléchir.

— Oui... enfin, qu'à cela ne tienne, cette fois-ci... »

Elle l'interrompit.

« C'était affreux pour moi... de vivre avec lui... de le laisser me toucher...

— Je comprends, mon cœur...

— Je veux que personne ne me touche, sauf toi... »

Sa voix était devenue pâteuse. Elle inclina son verre et le vida. Il acheva le sien.

« Buvons-en encore un...

— Franchement, ce n'est pas raisonnable…

— Allons, j'insiste…

— Tant pis, tu devras faire les valises…

— Pas de problème. »

Derrière son oreille, il posa un baiser. Elle frissonna, se retourna et l'embrassa goulûment. Ils se levèrent et se rendirent, enlacés, dans la cuisine. Il s'appuya contre l'évier pendant qu'elle préparait les verres.

« Mets-en davantage » dit-il tandis qu'elle versait l'alcool.

« Pas dans le mien, vraiment je ne le supporte pas.

— Voyons, mon cœur, ce soir n'est pas un soir comme les autres. C'est un soir exceptionnel… historique pour nous… »

Elle pencha la bouteille. Le liquide ambré s'écoula. Elle but avidement, les yeux fermés, la gorge soulevée à un rythme régulier.

« À présent, je suis complètement saoule » annonça-t-elle en posant le verre à demi vide.

— Finissons nos verres et foutons le camp d'ici » dit-il.

La jeune femme reprit le sien et but encore. Quand elle le reposa, vide, son visage était empourpré, ses pupilles dilatées, et sa respiration accélérée.

« Embrasse-moi, dit-elle pressante, embrasse-moi fort… très fort ! »

L'homme la prit dans ses bras. Ils s'embrassèrent. Elle serrait son corps contre le sien. Au bout d'un moment, il la repoussa.

« Allons préparer tes affaires, proposa-t-il.

— Je suis ivre morte…

— En effet… »

Il la prit par la taille et ils traversèrent la salle à manger, puis le couloir, jusqu'à la chambre à coucher. Il alluma.

« Tu devrais… lui laisser un mot » suggéra-t-il.

— Pour… pourquoi ?

— Pour qu'il sache que c'est un aller sans retour, que tu ne reviendras pas… sinon, nous aurons la police à nos trousses…

— T'as… t'as mille fois raison… »

Elle se dirigea en vacillant vers la commode, au pied du lit. Dessus, était posé la photo encadrée d'un homme en uniforme de policier. Il avait le visage triste. Sa casquette, posée au milieu du crâne, semblait trop grande.

« Quelle gueule d'enfoiré ! Comment ai-je pu vivre avec ça ? » railla-t-elle. Dans le premier tiroir de la commode, elle trouva une feuille de papier et un stylo. Elle s'assit sur le lit.

« Qu'est-ce que j'écris ? » demanda-t-elle d'une voix lasse.

L'homme dicta :

Cher Mike,

Elle posa le papier sur la table à côté du lit, écrivit les deux mots en s'appliquant, puis les relut, les yeux écarquillés.

« Je n'arrive même pas à écrire…

— Mais si, mais si, c'est parfait…

— Euh… qu'est-ce que je dois mettre maintenant ?

La situation m'est devenue intenable…

— Ce n'est pas… euh… exagéré ?

— C'est la vérité, non ?

— Oui… mais…

— Écris… *Tu n'y es pour rien. Simplement, je ne peux pas vivre comme cela plus longtemps. Adieu…* »

La jeune femme écrivit laborieusement, puis hésita.

— Seulement *Adieu ?… Adieu pour toujours* ne serait pas mieux ?

— Comme tu le sens… »

Elle fronça les sourcils et ajouta *pour toujours*.

La jeune femme terminait à peine qu'il saisit la feuille.

« Voilà, c'est très bien.

— Je crois que je vais être malade… je vais vomir, fit-elle.

— Allonge-toi cinq minutes… »

Il la poussa un peu, lui souleva les jambes et s'assit à côté d'elle sur le lit. Elle regardait la photo sur la commode.

« Il a l'air si malheureux… dit-elle avec peine.

— Tu as des regrets ?

— Aucun… je le déteste, je le hais… »

Elle ferma les yeux et les protégea de son bras gauche.

Il ouvrit le tiroir de la table près du lit, glissa un doigt dans le pontet du revolver automatique qui s'y trouvait. Tenant l'arme par ses rainures latérales, il la plaça dans la main droite de la jeune femme, lui repliant les doigts sur la crosse. Son pouls s'accélérait, sa respiration devenait brève et rapide.

« Qu'est-ce que tu fais ? murmura-t-elle.

— T'occupe… » répondit-il.

Aussitôt, il lui plia le bras au coude, lui tournant le poignet de façon que le canon de l'automatique fût tout contre l'os, derrière son oreille droite. Puis, il pressa la détente. Il y eut une détonation étouffée. Les yeux de la jeune femme se rouvrirent et son corps se raidit. Les muscles de son visage tressaillirent, ensuite, elle se tourna légèrement vers la gauche et resta immobile.

L'homme se leva et lâcha son bras, qui tomba, écarté du corps, et pendit au bord du lit. Le revolver glissa des doigts et heurta le tapis. Un mince filet de sang commença à couler du trou derrière l'oreille.

L'homme retapa le matelas pour supprimer le creux, à l'endroit où il s'était assis, puis, se rendit dans la cuisine, laissant allumée la petite lampe au pied du lit. Il rinça son verre, l'essuya et, le tenant avec le torchon, le rangea dans le placard. Il laissa le flacon de whisky, débouché, sur l'évier.

Il éteignit dans le salon et se servit de son mouchoir pour tourner la poignée de la porte de devant. Il ouvrit lentement, sans faire de bruit, inspecta la rue et les maisons voisines. Il sortit et tira la porte derrière lui, jusqu'à ce que la serrure cliquetât. L'homme disparut ensuite dans la nuit.

Le téléphone sonna près du lit du détective Jim Clayton. Au cinquième appel, il décrocha.

« Allô » fit-il avec une intonation somnolente.

« Jim, dit une voix sur un ton d'excuse, c'est John… »

Clayton regarda sa montre sur la table de nuit. Il était une heure du matin.

« Vous avez vu l'heure, lieutenant Jones ?... Je travaille le jour...

— Je sais, Jim, pardonnez-moi... vous connaissez Mike Honey, le planton ?

— Oui, bien sûr.

— Il lui arrive une sale histoire... il a quitté son bureau et en rentrant chez lui, il a trouvé sa femme morte dans son lit... vous la connaissez, je crois ?

— Je l'ai rencontrée à une ou deux reprises...

— Mike vient de m'appeler. Il était effondré... en larmes, vous imaginez... il prétend que sa femme a été assassinée et que l'on a maquillé le crime en suicide. Vous voyez ce que je veux dire ?

— Ouais, je vois.

— Il veut que vous meniez l'enquête...

— Ah ! Merde...

— Je vous comprends, mais je ne pouvais pas lui refuser ça. C'est un drôle de petit gars...

— C'est surtout un abruti » fit Jim.

Il y eut un court silence à l'autre bout du fil, puis le lieutenant Jones reprit, hésitant.

« Je peux lui dire que je n'ai pas réussi à vous joindre...

— O.K., ça va... j'irai... quelle adresse ?

— Je passerai vous prendre, dit le lieutenant, Mike aimerait que je vienne aussi…

— O.K., O.K.

— J'arrive dans cinq minutes. »

Jim Clayton reposa le combiné puis bâilla. Il se leva et passa dans la salle de bains. Sa toilette faite, il revint dans la chambre à coucher, alluma une cigarette et attendit le lieutenant John Jones.

« C'est ici » dit Jones en rangeant la voiture de police au bord du trottoir.

« Plutôt coquet » remarqua Clayton.

Les deux hommes sortirent du véhicule. Le lieutenant posa un doigt sur la sonnette. La porte s'ouvrit aussitôt.

« Entrez » dit Mike Honey. Il se tint de côté pour les laisser passer, les bras pendants, raides, les poings serrés.

Le lieutenant Jones mit une main sur l'épaule du drôle de petit gars.

« Je suis vraiment navré, Mike » dit-il d'un ton bourru.

L'autre hocha la tête, le menton tremblant. Il essuya une larme du revers de la main et renifla.

« Merci, dit-il machinalement, puis il ajouta avec une espèce de joie pathétique, bonsoir, Jim.

— Bonsoir, Mike » fit doucement Clayton.

Reniflant encore, Mike Honey les précéda dans le couloir jusqu'à la chambre.

« Bridget ne se serait jamais tuée, dit-il avec conviction. Quelqu'un l'a saoulée et l'a tuée. C'est exactement ce qui s'est passé... je veux juste savoir qui l'a fait... c'est tout ! »

Quand ils furent près du lit, le drôle de petit gars regarda le corps et se mit à pleurer à chaudes larmes, sans se cacher.

« Vous avez touché à quelque chose, Mike ? » questionna Jim.

Honey secoua la tête en sanglotant. Clayton fit le tour de la chambre à pas lents et précis, examinant tout. Sans toucher à rien, il explora le dessus des commodes, des tables et même du lit. Enfin, se plaçant au chevet, il parcourut le corps du regard, allant de la tête aux pieds.

« Était-elle droitière, Mike ? » interrogea-t-il.

Le drôle de petit gars fit un signe affirmatif ; ses sanglots s'apaisèrent.

« D'où vient le revolver ?

— Je le gardais dans ce tiroir, Mike Honey désigna la table près du lit.

— Savait-elle s'en servir ? »

Honey hocha de nouveau affirmativement la tête.

Clayton sortit dans le couloir. Les deux autres hommes sur les talons, il visita la salle à manger, la cuisine sur l'évier de laquelle étaient posés le verre vide et le flacon ouvert, le salon. Il se retourna pour leur faire face.

« Ce stylo dans la chambre à coucher, Mike… y avait-il une lettre ? »

Le drôle de petit gars parut surpris ; sa main alla vers la poche de sa chemise.

« Oui… elle a laissé un mot. Je l'ai ici. Je l'ai mis dans une enveloppe… pour protéger des empreintes. »

Le lieutenant Jones soupira.

« Je croyais que vous n'aviez touché à rien…

— Euh… c'est la seule chose à laquelle j'ai touché…

— Que disait ce mot ? »

Les lèvres de Mike Honey tremblèrent :

« Elle a juste écrit : *Cher Mike, La situation m'est devenue intenable. Tu n'y es pour rien. Simplement, je ne peux pas continuer comme ça plus longtemps. Adieu pour toujours.* »

De nouveau, le lieutenant Jones soupira.

« Était-ce son écriture ?

— C'est… c'est bien elle qui l'a écrit, affirma le drôle de petit gars, mais quelqu'un le lui a dicté !

— Écoutez, Mike, protesta Jones avec douceur, vous ne croyez pas que vous vous égarez ?

— Je savais que vous penseriez ça » dit Honey avec une expression d'amère satisfaction. Son regard allait du lieutenant au détective ; il brillait un éclair d'orgueil dans ses yeux mouillés.

« Vous voulez savoir ce qui m'a donné des soupçons ?

— Ouais, nous voudrions, fit Jones d'une voix lasse.

— Bon, retournons dans la cuisine, dit le drôle de petit gars, tremblant d'excitation.

— Regardez les tiroirs ! dit-il quand ils y furent, TOUS ouverts ! Bridget ne fermait JAMAIS les tiroirs ! Dans la chambre, c'est pareil ! »

Ils le suivirent dans la chambre.

« Regardez sa commode ; TOUS les tiroirs ouverts ! A présent, regardez le tiroir où se trouvait le revolver... pourquoi aurait-elle fermé juste celui-là ? »

Le lieutenant Jones alluma une cigarette. Il accrocha le regard de Jim Clayton et lui fit un clin d'œil.

« Dans le domaine des habitudes, il peut y avoir une exception, Mike, fit-il.

— Vous ne connaissiez pas Bridget, insista le drôle de petit gars, elle ne fermait JAMAIS les tiroirs !

— C'est un peu mince, dit Jones, sceptique.

— Il y a aussi le mot, poursuivit Mike, il y a un trait de stylo au bas… comme si quelqu'un, dans un mouvement d'impatience, avait arraché la feuille de sous le stylo… »

Le lieutenant Jones eut un sifflement admiratif. Mike Honey avoua humblement qu'il avait toujours rêvé d'être détective. C'était un secret de polichinelle, Jones savait cela depuis longtemps.

« O.K., fit le lieutenant, donnez-moi la feuille, je la remettrai au Labo pour qu'ils cherchent les empreintes.

— J'aimerais… j'aimerais la leur apporter moi-même, rétorqua Honey en fixant Jones.

— Je veillerai à ce qu'on s'en occupe, si c'est ce qui vous inquiète. » Il tendit la main.

Mike Honey se remit à pleurer.

« Vous ne croyez pas que c'est un meurtre… je me sentirai beaucoup mieux si je l'apporte moi-même. Ça vous est égal, pas vrai, Jim ?

— Bien sûr, Mike » fit Clayton avec calme. Il se tourna vers le lieutenant Jones.

« On ferait mieux d'appeler les types du Labo pour qu'ils viennent relever les empreintes ici...

— Ouais, nous voulons que Mike soit satisfait, répondit amèrement Jones, je vous attends dans la voiture, Jim... »

Pendant que le lieutenant regagnait son véhicule, le détective Jim Clayton passa un coup de téléphone au Laboratoire Criminel. Quand il eut terminé, il raccrocha et se retourna pour faire face à Mike.

« Ils vérifieront tout. Demandez-leur de faire un test à la paraffine pour sa main... pour savoir si elle tenait le revolver quand celui-ci a tiré...

— Ils ne trouveront rien qui cloche, affirma Mike, le visage grimaçant, rien, sauf le mot. Ce n'est pas n'importe qui, qui a fait ça » dit-il d'un ton plein de sous-entendus.

Clayton attendit, patient. Mike Honey revint à la charge.

« Je comparerai les empreintes du mot à celles de tous les policiers, depuis le chef jusqu'au dernier... celui qui a fait ça... est un flic !

— Nous allons filer, Mike. Vous pourrez tenir le coup ?

— Je pense, Jim... merci d'être venu. »

Jim Clayton sortit pour rejoindre le lieutenant Jones. Ce dernier mit le moteur en marche tandis que le détective montait et refermait la portière. Le lieutenant passa en première et démarra. Ils roulèrent en silence durant un moment; Jim Clayton le rompit.

« Mike croit que c'est un policier qui a fait le coup. »

Les bras du lieutenant Jones se raidirent sur le volant. Il jura un bon coup.

« Vous avez compris, n'est-ce pas Jim ?

— Compris quoi ?

— Il est persuadé que c'est moi.

— Il est si bouleversé…

— Ouais, mais sa petite tête gamberge » dit sauvagement Jones.

Jim Clayton alluma une cigarette et se mit à fumer tranquillement.

« Vous savez, reprit le lieutenant, j'ai réfléchi en vous attendant. »

Le détective resta silencieux. Jones poursuivit.

« Cela fait des années qu'il me casse les couilles pour que je le fasse entrer au Bureau des détectives. C'est, chez lui, une idée fixe, une véritable obsession. Dieu seul sait combien il a lu de bouquins sur la question.

— Il lit sans arrêt, reconnut Jim.

— Et il veut m'avoir parce que j'ai toujours refusé son admission. Si Bridget a été assassinée, je parie que c'est par lui ! Ce que je me demande, c'est jusqu'où il ira pour essayer de me faire endosser le crime…

— Ça lui sera difficile, rétorqua Jim.

— Peut-être, admit Jones, mais il se trouve que ces derniers jours, j'ai filé en douce du poste une heure ou deux chaque nuit… et ce petit salaud le sait ! »

Le détective jeta sa cigarette par la fenêtre.

« On ne peut pas dire que ce soit une preuve, fit-il.

— Non, mais ça me met dans une sacrée merde ! Si je suis obligé de dire où j'étais, je vais déguster… »

Le lieutenant Jones arriva devant la maison de Jim Clayton et s'arrêta.

« À propos, Margaret est de retour ? demanda Jones.

— Non, je l'attends dans l'après-midi.

— Remettez-lui mon bonjour.

— Je n'y manquerai pas, John. »

Le lieutenant se pencha sur le volant, le visage assombri.

« Écoutez, dit Jim, il n'y a pas de quoi vous inquiéter.

— Facile à dire ! Vous n'êtes pas dans la merde, vous. Quand un type a passé autant d'années que moi dans ce métier, il ne peut pas repartir de zéro. Une chose pareille vous colle dessus où que vous alliez.

— Vous oubliez le mot, fit Jim.

— Il n'y a pas une chance sur cent pour que l'assassin y ait touché, vous le savez bien.

— Il aurait pu… »

Le visage de Jones était toujours sombre. Il commença à démarrer et Jim ferma la portière. Il regarda disparaître la voiture, ouvrit la porte et entra chez lui.

Clayton gagna la chambre à coucher. Il baissa le volet et alluma la lampe de chevet. Ensuite, il ôta son veston et le jeta sur une chaise. Puis, il se pencha au-dessus de sa commode, s'observant dans le miroir. Il resta là un moment. Le lieutenant Jones était un chic type… il avait toujours été régulier avec Jim Clayton… Margaret devait rentrer dans l'après-midi… oui, Jones était un chic type… ce serait moche si… et Margaret… d'une façon ou de l'autre, elle saurait… ce serait moche…

Finalement, le détective Jim Clayton tira de son étui son revolver, débloqua le cran d'arrêt, plaça le canon contre sa tête, derrière l'oreille droite, et tira.

16.

Y AVAIT UN ASSASSIN DANS MON TRAM !

C'est curieux cette façon de s'approprier les êtres et les choses qui ne nous appartiennent pas. Je n'échappe pas à la règle. Pourquoi y échapper ? Je n'ai aucune particularité qui puisse me différencier de mes semblables. Comme eux, je vais chez mon épicier, mon coiffeur ou mon médecin. J'achète tous les jours mon journal chez mon libraire et je le lis dans mon tram sur le chemin de mon travail. Une visite chez un arracheur de dents et il devient mon dentiste. Ce matin-là, je parcourais donc mon journal dans mon tram, ignorant la présence de mon voisin de banquette, quand je tombai en arrêt sur un article qui allait me bouleverser... un crime dit « crapuleux » avait été commis dans ma commune et, d'après les recoupements des inspecteurs de police, l'assassin, pour se rendre sur les lieux de son méfait, avait pris le tram aux environs de 17 h 50. Or, il n'y a qu'un tram qui dessert ma commune... le mien ! Et, à cette heure-là, je suis dedans.

Ainsi, j'ai côtoyé à mon insu (j'ai l'habitude de choisir mes fréquentations) un criminel sans le savoir. Si ça se trouve, nos regards se sont croisés, nos corps se sont frôlés, nos mains se sont tenues à la même barre... à cette heure-là mon tram est bondé, il est impossible de trouver une place assise.

Je fouille ma mémoire pour qu'elle me restitue le visage inconnu aperçu ce jour fatidique. Car, je connais mes gens, ce sont toujours les mêmes têtes que je vois.

L'effort est intense mais le jeu en vaut la chandelle. Qui sait si ce type ne va pas récidiver… en faisant de moi sa prochaine victime. J'ai les jetons rien que d'y penser. Il faut absolument le mettre hors d'état de me nuire.

Ça y est… je le vois, son visage est encore flou mais l'image se précise petit à petit. Bientôt, il m'apparaîtra tout à fait en clair. Un peu de patience encore… voilà !… Je peux en faire une description précise et n'ai plus qu'à me rendre à la police… je le tiens, MON assassin !

Table des matières

associations bernardiennes asbl

nos livres répondent à un label de qualité

Bernardiennes est une association entre auteurs indépendants, dont le but est de promouvoir leurs livres par la mise en commun de ressources intellectuelles et techniques sous un même label.

Chaque ouvrage répond strictement aux critères de qualité d'écriture établis par la **charte bernardiennes**, et a reçu l'approbation de l'unanimité des membres.

www.bernardiennes.be

Associations bernardiennes asbl
info@bernardiennes.be

Dépôt légal : D/2014/11674/20

Imprimé en numérique